SHANGHAI STORIES CULTURE MEDIA Co.,Ltd.

故事会

惊悚恐怖系列
HORROR SERIES

公馆魅影

上海故事会文化传媒有限公司
上海文艺出版社

图书在版编目（CIP）数据

公馆魅影 /《故事会》编辑部编. —— 上海：上海文艺出版社，2019
（故事会. 惊悚恐怖系列）
ISBN 978-7-5321-6406-6

Ⅰ. ①公… Ⅱ. ①故… Ⅲ. ①故事-作品集-中国-当代 Ⅳ. ①I247.81

中国版本图书馆CIP数据核字(2017)第161925号

书　　名	公馆魅影
主　　编	夏一鸣
副 主 编	吕　佳　朱　虹
责任编辑	陶云韫
发稿编辑	吕　佳　朱　虹　姚自豪　丁娴瑶　陶云韫 王　琦　曹晴雯　赵媛佳　田　芳　严　俊
装帧设计	周　睿
封 面 画	苏　寒
责任督印	张　凯
出　　版	上海文艺出版社
出　　品	上海故事会文化传媒有限公司 (200020　上海市绍兴路74号　www.storychina.cn)
发　　行	上海文艺出版社发行中心（200020　上海市绍兴路50号）
印　　刷	上海万卷印刷股份有限公司
开　　本	787×1092　1/32　印张8
版　　次	2019年12月第1版　2019年12月第1次印刷
书　　号	ISBN 978-7-5321-6406-6/I·5124
定　　价	25.00元

版权所有·不准翻印

上海故事会文化传媒有限公司所有图书可办理邮购，免收邮费（挂号除外）
汇款地址：上海市黄浦区绍兴路74号(200020)；　收款人：上海故事会文化传媒有限公司发行部
联系电话：021-64338113
如发现本书有质量问题，请与印刷厂质量科联系 T：021-56928178

编者的话

一、中华民族自古以来便有讲故事的传统。五千年的文明绵延不断,五千年的故事口耳相传,故事成为中华民族弥足珍贵的精神财富。

二、创刊于1963年的《故事会》杂志是一本以发表当代故事为主的通俗性文学读物。50多年来,这本杂志得风气之先,发表了一大批脍炙人口的优秀作品,许多作品一经发表便不胫而走、踏石留印,故而又有中国当代故事"简写本"之称。

三、50多年来,这本杂志眼睛向下、情趣向上,传达的是中华民族最核心、最基本的价值观。

四、为让读者在最短的时间内阅读最大面积的精品力作,《故事会》编辑部特组织出版《故事会·惊悚恐怖系列》丛书。

五、丛书分为如下八本故事集:《等待第十朵花开》《飞动的黑影》《公馆魅影》《恐怖的脚步声》《日本新娘》《神秘的维纳斯》《匈奴古堡》《夜半口哨声》。

六、古人云:登东山而小鲁,登泰山而小天下。对于喜欢故事的读者来说,本丛书的创意编辑将带来超凡脱俗的阅读体验。

《故事会》编辑部

目录
Contents

闪灵·诡事

　　公馆魅影 …………………… 02

　　人活一口气 ………………… 12

　　影子爱人 …………………… 20

　　雪狼 ………………………… 27

　　地铁鬼影 …………………… 35

　　楼道里的陌生人 …………… 40

　　逃犯 ………………………… 45

　　铁女人 ……………………… 53

　　神秘山庄 …………………… 58

噩梦·异事

　　不可能的复仇 ……………… 77

　　生死危情 …………………… 85

　　该死的花花公子 ………… 100

　　里程碑前的车祸 ………… 105

　　走向公安局 ……………… 109

　　幽会之后 ………………… 115

　　南方来客 ………………… 122

　　一头怪异的猪 …………… 128

目录
Contents

探险·秘事

神秘的阿奇花 …………… 145

宝石中的宝石 …………… 150

深山遇险 ………………… 155

无名岛杀手 ……………… 160

与狼同行 ………………… 167

老弓腰挺腰 ……………… 173

母性的力量 ……………… 177

拿手好戏 ………………… 180

饭店那么大的钻石 ……… 183

森林"杀手" ……………… 189

夜谈·怪事

眉间痣 …………………… 195

风雪路上 ………………… 200

人算天算 ………………… 204

冤家相逢 ………………… 210

这是秘密 ………………… 214

鬼屋 ……………………… 217

咳嗽不止的狗 …………… 221

恐怖饭店 ………………… 225

惊魂恰卡斯鬼堡 ………… 232

秘密跟踪 ………………… 242

闪灵·诡事

shanling guishi

幽灵的微光一闪而过,你看见了吗?

公馆魅影

花园闹鬼

1934年夏天,宁波城出了桩耸人听闻的奇案,案发地点在城防司令曹世清的公馆。

曹公馆后花园有一口阴森森的古井,据说这口井邪气很重。一年前,曹司令的六姨太苏曼就因为中了邪,在后花园跳井自杀了。苏曼曾是名噪一时的京剧旦角,拿手好戏《窦娥冤》令无数观众为之倾倒。苏曼嫁给曹世清,是迫于他的淫威。曹世清是宁波当地说一不二的土霸王,凡被他看中的女人,只能乖乖顺从。

就在苏曼死后一周年的忌日,当天深夜,她的鬼魂突然出现了。苏曼身着戏装，在曹公馆后花园时隐时现，悲悲切切地唱着《窦娥冤》。第一个看见这恐怖场景的，是曹世清的七姨太陆晓岚。陆晓岚所住的跨院紧挨着后花园，从她卧室的窗户望出去，能看清花园里的一切。

打这天起，苏曼的鬼魂经常在花园里出没，凄惨的《窦娥冤》时有所闻，曹公馆里的人个个吓得毛骨悚然，但曹世清却满不在乎，对闹鬼之事根本不信。

这天晚上，曹世清宿在七姨太房中，打算亲眼瞧瞧闹鬼的情形。

睡到半夜，陆晓岚将曹世清轻轻推醒。曹世清朝墙上的自鸣钟瞥了一眼，见时针正指向12点，他冷哼一声，光着膀子跳下床，站到了窗前。

就在自鸣钟"当当"敲响的同时，从花园古井里冒出了一股青烟。

"苏曼，苏曼的鬼魂来了！"陆晓岚指着窗外，颤声说。

曹世清吃了一惊，两眼死死盯住青烟腾起的地方。

不一会儿，青烟渐渐散尽，身着白色戏装的苏曼赫然出现在井台边，她舒展长袖，呜呜咽咽地唱起了《窦娥冤》。那些唱词凄婉悲怆，在寂静的夜里，听起来格外阴森……

曹世清只觉头皮阵阵发麻，长满络腮胡的胖脸瞬间变得惨白。

苏曼唱罢，长袖一甩，周遭顿时又腾起一股青烟。等烟雾散尽，苏曼不见了。

曹世清看得两眼发直，口里喃喃道："鬼魂，真是苏曼的鬼魂。"

一旁的陆晓岚跟着说："是的，苏曼的鬼魂经常在花园里游走，似乎要找谁报仇。"

一听这话，曹世清的额头立刻冒了汗，紧张地说："明天，我去请些和尚尼姑，好好超度她的亡魂。"

陆晓岚点头称是。

第二天一早，曹世清命管家请来两班僧尼，大张旗鼓为苏曼超度亡魂。超度时，曹世清还在苏曼的灵前拈香祷告，态度十分诚恳。

然而，这一切都无济于事，苏曼的鬼魂依旧我行我素。曹世清着了慌，当即找来工匠，在花园的古井口安了个厚重的铁盖，用一把大锁牢牢锁住。可这仍不奏效，才消停了几天，《窦娥冤》的唱词又在曹公馆响了起来。

看曹世清急得团团转，管家赶忙献计，让曹司令请道士来公馆捉鬼。曹世清听了连连点头。

但是，道士们来了一拨又一拨，六姨太的鬼魂非但没捉走，反而越闹越凶了。公馆里的人个个吓得胆战心惊，连白天也不敢去后花园。自此，后花园日渐荒凉，更显得阴森恐怖。

曹世清虽然生性凶蛮，但对苏曼的鬼魂却十分害怕。因为陆晓岚的住处紧挨着后花园，从此曹世清不再去那儿过夜。最后，他干脆命人把后花园的月亮门锁了起来。

道士捉鬼

曹公馆闹鬼的消息不胫而走，在宁波城传得沸沸扬扬。

这天，一个鹤发童颜的老道来到曹公馆，他说自己姓王，能降妖捉鬼。曹世清对此很怀疑，态度十分冷淡。可王道士却拍着胸脯，保证三天后一定把鬼捉住，否则甘愿受罚。曹世清见王道士说得这么硬，就安排他住了下来。

转眼过了三日。这天晚上，曹世清打开月亮门，陪着王道士悄悄进了后花园。

来到古井边，曹世清指着井口说："苏曼的鬼魂，就是从这儿钻出来的。"

王道士走上前，用手电把井口的铁盖照了照，又仔细检查了那把大铁锁，然后问："曹司令，这把锁经常被打开吗？"

曹世清摇摇头，说："不是的，自从铁盖安好后，这把锁再也没开过。"

王道士又问："那么，锁钥匙一共有几把？"

曹世清说："钥匙只有一把，我天天带在身边。"

一听这话，王道士立刻皱起了眉头。他让曹世清打开井盖，然后举着手电，向井里仔细查看。看完之后，王道士猫着腰，在井台周围进行地毯式搜索。搜来搜去，终于在草丛中发现了一串清晰的脚印。

王道士盯着脚印，问："曹司令，这后花园封闭多久了？"

曹世清说："快七个月了。"

王道士的眉头皱得更紧了，他打着手电，沿脚印向前细细搜索，曹世清紧紧跟随。最后，他们来到一堵院墙下，那串脚印突然不见了。王道士用手电照了照墙头，然后问院子里住着谁，曹世清说是七姨太。

这下，王道士的眉头顿时舒展了，他对曹世清说："在花园夜半唱戏的，既不是妖也不是鬼，而是一个活生生的人。"

"不，这绝不可能！"曹世清连连摇头，"我是亲眼看着苏曼入殓的，除非她能死而复生。"

王道士笑着说："苏曼当然不会死而复生，因为唱戏的人，其实是个青年男子。"

"青，青年男子？！"曹世清听得目瞪口呆。

王道士点点头，道出了自己的分析：

据曹世清讲，井盖上的铁锁从来没开过，可长时间风吹雨打，那锁孔却没生锈，这说明，事实上井盖经常被人打开。另外，在井壁上，王道士发现了一个经过伪装的暗道口，上面有架设软梯时留下的刮痕。后花园封闭了半年多，可草丛中的脚印却是新的……以上几点表明，有人通过暗道，从公馆外偷偷潜入了花园。就脚印的大小和深浅来看，那显然是男子留下的，此人作案手法相当灵活，应该还很年轻……

王道士一边说，一边把各个疑点指给曹世清看。曹世清瞪着一双蛤蟆眼，不住点头。

听到最后，曹世清挠着头皮问："那家伙装神弄鬼闹了大半年，可公馆里的财物却分毫不少，这如何解释呢？"

王道士微微一笑，说："此人潜入曹公馆，并不是为了偷窃。"

"那，那是为了什么？"曹世清大感意外。

王道士略显犹豫，迟疑着说："若贫道讲得不中听，还请曹司令多多包涵。"

曹世清忙接口道："不妨，不妨，道长有话只管说！"

王道士这才指了指七姨太的住所，压低声音说："从墙头的痕迹上看，那男子曾多次翻墙进入卧室，如果贫道没猜错，花园闹鬼事件，恐怕跟七姨太有些瓜葛……"

听着听着，曹世清的脸色渐渐难看起来。

见此情形，王道士又补了一句："捉贼捉赃，捉奸捉双，如果曹司令不相信，可以当场验证……"

说到这儿，王道士凑近曹世清，悄悄耳语了一番。曹世清频频点头，两眼凶光毕露。

第二天，曹世清谎称要去南京开会，坐车离开了公馆。等到天黑，他又悄悄回家，神不知鬼不觉地摸进了后花园。

花园里一片死寂，曹世清躲在一株大树后，密切监视井台上的动静。

午夜时分，井口升起了一股浓烟。和上次一样，当烟雾散尽时，身穿白色戏服的苏曼出现在了井台边。和从前所不同的是，这回她没有唱《窦娥冤》。

苏曼就站在十米开外的地方，借着皎洁的月光，曹世清看得真真切切。王老道会不会弄错了，也许那真是苏曼冤死的鬼魂？想到这儿，曹世清的背上不由沁出了一片冷汗。

这时，井台上的苏曼朝四下里望了望，然后撩起裙摆，一溜烟向七姨太的跨院奔去。那动作、那速度，分明是个矫健的小伙子……曹世清看得目瞪口呆，好半天才醒悟过来，他赶紧回头，紧盯着陆晓岚的卧室，只见一团白影熟练地翻过墙头，轻轻一跃跳进了半敞的窗户……

曹世清气得牙关紧咬，口里恨恨地骂道："奸夫淫妇，等会儿看老子怎么收拾你们！"

说罢，曹世清蹑手蹑脚走到井台边，顺着挂在井口的软梯一级级地往下爬。爬到梯子尽头，他在井壁上摸到了那条暗道的洞口。曹世清一抬腿，闪身钻进了暗道。在暗道里，曹世清掏出手枪，狞笑着将子弹推上了膛。

曹世清打算瓮中捉鳖，等那奸夫返回暗道时，冷不防给他一枪，然后再把井盖锁死，这样就神不知鬼不觉了。

放鬼还阳

王道士没猜错，从井里冒出来的，并非苏曼的鬼魂，而是一个身手敏捷的小伙子。

小伙子叫徐涛，二十刚出头，长得眉清目秀。徐涛和陆晓岚是高中同学，俩人情深意笃。后来，曹世清看中了美丽温柔的陆晓岚，他逼着陆家把女儿嫁给自己，做了七姨太。就这样，一对恩爱的恋人被活生生拆散了。曹公馆戒备森严，徐涛和陆晓岚连见面的机会都没有。

就在这时，徐涛爷爷的一句话，打破了曹公馆那高高的围墙。

曹公馆原先是清代某位巡抚的官邸。为了以防不测，建造官邸时，在后花园的井壁上挖了一条通向城隍庙的暗道。这个秘密鲜为人知，连买下巡抚官邸的曹世清都不晓得。徐涛的爷爷当年在巡抚家做总管，知道这个机密，有一次无意中告诉了孙子。徐涛听后灵机一动，决定通过这条暗道进入曹公馆，和心上人经常幽会。于是，他买通曹家婢女阿红，把计划告诉了陆晓岚。

陆晓岚听了非常兴奋，但兴奋之余又惴惴不安。前不久，六姨太就因为和情人暗中往来东窗事发，被曹世清活活掐死。为了掩人耳目，曹世清把苏曼的尸体悄悄丢到后花园的井里，对外谎称她是投井自杀。那天晚上，陆晓岚躲在窗帘后，看见了这恐怖的一幕。

陆晓岚既想和情郎幽会，又害怕步苏曼的后尘，几番冥思苦想后，她终于琢磨出一条避险的妙计。陆晓岚决定让徐涛扮演苏曼的鬼魂，以此吓住曹世清和仆人们，使他们不敢接近后花园，这样就便于徐涛通过暗道和自己幽会。打定主意后，陆晓岚让阿红把这个装鬼的计策转告给徐涛，徐涛对此赞不绝口。

徐涛从小酷爱京剧，尤其喜欢唱花旦，他多次看过苏曼的演出，对苏曼在《窦娥冤》中的唱腔烂熟于心。再加上徐涛长相清秀，扮演苏曼确实能以假乱真。

经过一番精心准备，徐涛化装成苏曼的鬼魂，开始在曹家后花园频频亮相。每次出场前，他先放一颗烟雾弹，然后借着浓烟的掩护爬出井口。

这一招果然灵验，曹公馆里的人从此再不敢靠近后花园。后来，曹世清在井口加了铁盖，陆晓岚又设法偷配了开锁的钥匙。半年过去了，一切都顺顺当当，两人的幽会从没出过差错……

此时，徐涛翻过跨院围墙，跳进了陆晓岚的卧室。

陆晓岚早就守候在窗台边，她对徐涛说："涛哥，我最近右眼皮老是突突跳，咱俩的事会不会露馅啊？"

徐涛说："那咱们还是瞅个机会，赶快逃走吧。"

"哎，谈何容易呀！"陆晓岚泪湿双眸，"我的家人都住在宁波，如果我和你私奔，曹世清绝饶不了他们。"

一听这话，徐涛的眼眶也湿润了，哽咽着问："岚妹，那，那我们该怎么办呢？"

陆晓岚忧伤地说："走一步算一步，听天由命吧。"

不知不觉间，远处传来了第一声鸡啼。

陆晓岚见时候不早，便催促徐涛赶快离开。

徐涛哀叹道："我虽是个假鬼，但昼伏夜出东躲西藏，跟真鬼也没什么两样。"

陆晓岚红着眼圈说："在这暗无天日的世界里，咱俩是一对活鬼，我们的爱情是见不得人的鬼恋。"

沉默了一会儿，徐涛穿好戏服，流着泪和晓岚吻别，然后他轻轻一跃，从窗台跳到了花园里。

徐涛奔到井台边，发现虚掩的井盖已被人锁死了，而且那锁孔也用异物牢牢塞住，钥匙根本插不进去。这一切都表明，暗道的秘密已经暴露！徐涛吓得魂不附体，曹公馆戒备森严，他无处可逃，只得又潜回陆晓岚卧室，把自己看到的情形说了一遍。

陆晓岚听得面如土色，着急地问："涛哥，现在该怎么办？！"

徐涛绝望地说："此刻，曹世清肯定正带人朝这儿扑来，我逃不出去了。"

陆晓岚哭着问："涛哥，落到这一步，你后不后悔？"

徐涛坚定地摇了摇头："跟我心爱的人死在一起，我不后悔！"

陆晓岚扑进徐涛怀里，两个人紧紧相拥，泪如雨下。

天渐渐亮了，可抓捕的人迟迟未到，公馆里也没有任何异常。

接连三天，一切都安然无恙。最后，陆晓岚瞅了个空子，将徐涛偷偷弄出了曹公馆。

徐涛意外捡回一条命，庆幸之余，他和陆晓岚都觉得这事太不可思议。然而，更奇怪的事还在后头。自打那天出门后，曹世清就再没回来过。曹家人去警备司令部询问，得知根本没有南京开会那档事。时间一天天过去，曹世清活不见人死不见尸，仿佛从人间蒸发了，警方四处搜寻，终无结果。曹公馆里的人都认为，曹世清是被六姨太捉走了，因为打这以后，六姨太的鬼魂再也没有夜半唱戏。

时光匆匆，转眼又过了一年，曹世清依旧音讯皆无，这下，公馆里的人对他的生还再也不抱希望。仆人们一哄而散，姨太太们也各奔前程。

七姨太陆晓岚率先逃出牢笼，和情郎徐涛喜结良缘。婚礼当天，一位白发老者来向徐、陆二人贺喜。陆晓岚觉得老者有些面熟，却想不起在哪里见过。老者说自己叫周文达，两年前曾假扮王道士去曹公馆捉鬼。接着，周文达悄悄道出了事情的原委——

在被迫嫁给曹世清之前，苏曼有个青梅竹马的恋人，名叫周俊，周文达就是周俊的父亲。苏曼成为曹世清的六姨太后，仍和周俊偷偷往来。曹世清发现后，秘密杀害了这对恋人。周文达怀疑曹世清是杀人凶手，但警察局听命于曹世清,所以周文达只能自己去破案。

听说苏曼的鬼魂频频出现在曹公馆,周文达认为这里头肯定有文章。于是他假扮王道士,进入曹公馆捉鬼,伺机调查儿子和苏曼真正的死因。住在曹家的那几天里,周文达弄清了真相,他悲愤交加,发誓要报仇雪恨。

那天晚上,在后花园捉鬼时,周文达发现了许多疑点,从而认定那个假扮鬼魂的男子与七姨太有私情。周文达深知曹世清绝不会容忍姨太太红杏出墙,于是就把自己的判断和盘托出,并面授捉奸"良策",暗中设计除掉这个恶棍。

当曹世清躲在花园偷偷监视徐涛时,周文达也正潜伏在不远处。看见曹世清恶狠狠地钻入了井中,周文达立刻上前把井盖锁住,并将锁孔堵死。周文达之前就查清了井下暗道的另一个出口,接着,他立刻赶往另一个出口,把它彻底封闭了。就这样,作恶多端的曹世清自投罗网,被活埋在了暗道中……

听完周文达的讲述,徐涛和陆晓岚如梦方醒。他俩并肩向周文达深深鞠躬,感谢老人的救命之恩。

(陈效平)
(题图:黄全昌)

人活一口气

来了封怪信

俗话说"人活一口气",这句话是有来历的。清朝末年,在东北的一个小县城,有个叫王贵才的汉子,从小胆子就大,人称"王大胆"。王大胆二十岁那年,经人推荐进了县衙做了名刽子手。这刽子手虽说不是什么好差事,但养家糊口不至于冻着饿着,所以王大胆干此营生一干就是三十几年。

这一年正赶上同治爷驾崩,光绪爷即位,天下大赦,衙门里的事不多,所以王大胆也清闲在家,没事喝喝酒,遛遛鸟,和老伴拌几句嘴,倒也有滋有味。这天他正坐在自家小院的葫芦架下就着花生米喝酒,老伴忽然慌慌张张地从门外跑了进来,手里摇着一封信,喊着:"老头子,老头子!"

王大胆端着酒盅眼都没眨,喝了一口酒后,沉着脸把酒盅放到桌上,说:"老太婆,吵什么吵,跟了我这么多年,胆子还这么小,什么事把你吓的?"

老伴的眼睛有些发直,她把手上的信一递:"你,你自己看吧。"

王大胆漫不经心地接过信说:"咱家可好久没有信了,这是从哪里来的啊?"

老伴伸手向那信封上指了指:"信局送的,打盛京来的,那上面,那上面……"

"那上面怎么了?"

王大胆边说边向信封上瞧去,这一瞧不打紧,向来胆大的他也不禁倒吸一口凉气,这封信不是别人来的,是他的外甥,小名叫元宝的人写来的。

这元宝可是王大胆的亲外甥,因为他姐姐、姐夫死得早,自己又没儿女,所以这元宝自小就在他家,说起来和亲生儿子没什么区别。按理说亲外甥来信,应该高兴才是,但王大胆却无论如何都乐不出来,因为他这个外甥早在五年前就已经死了,一个死人又怎么会写信来?

这事要是搁在别人身上早就沉不住气了,不过王大胆却没动声色地拆开了信,从头到尾仔细看了一遍,信上的意思大概是说,谢谢舅舅在五年前的救命之恩,外甥如今已经在盛京城里落住了脚,并且娶了媳妇,生了儿子,听说皇帝驾崩,天下大赦,这才敢给舅舅写信,请舅舅去盛京的家中坐坐,一来谢谢舅舅的救命之恩,二来多年不见,叙叙亲情。

看完信后,王大胆把信上说的话原封不动地对老伴讲了一遍,老伴战战兢兢地说:"老头子,你看清楚了,那上面确实是元宝的笔迹吗?"

王大胆点了点头,老伴有些坐立不安了:"元宝不是在五年前被你亲手斩了吗?杀头那天还是我去给他收的尸呢,就葬在城西的山下,咱俩年年过节的时候都去给他烧纸,这不会是他从阴曹地府写来的吧?"

王大胆一拍桌子:"胡扯,那信上明明说现在娶了媳妇生了儿子,怎么会是鬼呢!"

老伴犹豫了半天说:"老头子,是不是你杀的那个人不是元宝,是个替死鬼,你偷着把元宝给放了?"

王大胆摇了摇头,半天没吱声,他打算亲自跑趟盛京看看。可这个事实在太过怪异,他担心老伴自己在家害怕,便把她安排到邻居家,然后一个人坐上了去盛京的马车。

那年月交通不发达,马车走得慢,就是百十里地也要走上一天,王大胆是后半夜上的车,算下来大概要次日下午才能进盛京城。车里算上他一共坐了三个人,因为世道不太平,土匪横行,所以出门的人很少,那两个人看起来像是做买卖的,一路上抱着钱褡子,打着瞌睡。但王大胆却怎么也睡不着,他始终在寻思信的事……

支了个怪招

要说元宝这孩子可算不上是什么好人,都怪他们两口子从小给娇惯坏了,这孩子长大后横行乡里,不务正业,后来又结识了几个地痞无赖,整日歪戴帽子反穿鞋,见人自称是大爷,简直成了一霸。

可俗话说,善有善报,恶有恶报;不是不报,时候未到。就在五年前,元宝不但骗财还动手杀了人,被官府捉了去,判了个斩监候。

处斩元宝的前两天，王大胆去监狱探望他，元宝跪在地上痛哭流涕地说："舅舅，你这次无论如何都要救我，我爸妈死得早，你就是我唯一的亲人了！"

王大胆何尝不想救他，可元宝犯了法，杀了人，别说他一个小小的刽子手，就算是县太爷也救不了他。

后来经不住元宝的一再哀求，王大胆只好对他说："外甥啊，舅舅告诉你一个办法，只要你听我的话，按照我说的法子做，就一定能活命。"

元宝又给王大胆磕头，哭着说："舅舅，我长这么大从没听过你的话，这次我一定听你的。"

王大胆叹了口气说："你记住，处斩你的时候，会是舅舅亲自动手，只要县太爷在台上一喊斩，我把刀举起来时，你就闭上眼睛用力向前跑。"

元宝哭着说："我全身上下都被绑着，怎么跑得了？"

王大胆说："你别管那些，到时候你只要两眼一闭，心中想着，然后拼命向前跑，别回头，你就一定能跑得了。"

其实这些话都是王大胆编出来骗元宝的，一个临刑的犯人被绳子绑得牢牢的，四周又有那么多衙役看着，又怎么跑得了呢？王大胆只是想让元宝死得平静些，少些痛苦，才想出这么个办法来安慰他……

出了件怪事

王大胆想到这里，不禁摇了摇头，又过了许久，马车终于进了盛京城。下车后王大胆按照信上的地址，费了好大的劲才找到元宝信上说的地方，那是位于城西的一间杂货铺，经营一些日常百货等杂物，铺面不大，却整齐干净。

王大胆在铺子外面站了好半天，两条腿就像灌了铅一样，长这么大他遇事还从没这样犹豫过，眼下这事太玄了，不能不让他仔细思量一番。最后，他一咬牙，一跺脚，推开了杂货铺的门走了进去。

这间小铺子里面收拾得井井有条，柜台后坐着一个年轻的女人，抱着孩子，嘴里哼着儿歌。那小孩看模样也就两三岁，一只手摇着拨浪鼓，一只手拿着零食，小脸上一副甜蜜的笑容，惹人怜爱。

那女人见来了客人，急忙站起来，对王大胆说："先生想买点什么？"

王大胆四下打量一番，并没有看到元宝，他从怀里掏出那封信说："我不买东西，我来找个人，是我的外甥，这是他捎给我的信，他大号叫张大宝，小名叫元宝。"

女人上下打量王大胆，脸上露出一团喜色说："你是舅公吧，我听大宝说起过，他正在后屋睡觉，请等一下，我去喊一声。"

王大胆看着女人对后面大声喊："大宝，大宝，舅舅来了，你快点起来吧，舅舅来了。"

女人喊着，王大胆觉得自己的心跳越来越快。这时从铺子的后门跑进来一个人，这个人边跑边喊："真的是舅舅来了吗，真的是舅舅吗？"

王大胆向这人看去，不由吸了口冷气：这个人正是五年前被自己亲自斩首的外甥元宝。王大胆感到头皮发麻，身上的汗毛都竖了起来，这元宝和五年前并没有太大区别，只是脸色苍白，没有一丁点血色，走起路来也轻飘飘的，就像脚后面没跟一样。

元宝一看到王大胆，大声喊起来："舅舅，舅舅，这些年你可想坏外甥了。"边说边快步上前打算拉王大胆的手。

王大胆心中正在发毛，哪敢让元宝拉自己的手啊，他慌忙退了几步，伸手指着元宝，半天也没说出一个字。元宝有些纳闷，他迟疑地说："舅舅，你怎么了，你不认得外甥了吗？"

王大胆揉了揉眼睛，借着外面的阳光又仔细看去，他发现元宝的背后有影子，这才从心底松了一口气，老人们都说鬼是没有影子的，元宝既然有影子，就一定不是鬼！

说了个怪理

元宝把王大胆拉到铺子后院的房间中坐下，就吩咐媳妇出去买肉打酒，铺子也上了板，提早关了门。媳妇买回来酒肉做好菜端到桌上，爷俩便你一口我一口地喝起来。

酒桌上元宝频频给王大胆敬酒，王大胆不敢推辞，也不敢问究竟是怎么回事，半斤酒下肚后，倒是元宝先提起话头来，他说："舅舅，外甥当年不走正道，杀了人，被判死刑，是舅舅救了我，外甥才能够活到今天，现在外甥已经学好了，再也不干违法的事情，这一切都是靠舅舅的帮助，我才有今天。"

王大胆借着点酒劲看着元宝："外甥啊，你当年究竟是怎么从我的刀下逃走的，跑来了这里？"

元宝闻言一愣："舅舅，当年不是你告诉我，说县太爷一喊'斩'字，你的刀举起来时，我就闭上眼睛，拼命向前跑吗？我听了你的话，在临刑的时候闭上了眼睛，心中想着，然后拼命地向前跑，没想到还真的跑出来了，我当时连头都没敢回，一路跑下去，不知道跑了多远，这才知道自己活了命。我也不敢回家，就来到了盛京，做起小买卖，娶妻生子，一呆就是五年，现在孩子都这么大了。"说着，元宝伸出手来，摸了摸旁边正在炕上玩耍的小孩。

王大胆听到这里时摇了摇头,这事说不通啊,他看了看元宝,又看了看正在伺候酒桌的女人,借着酒劲说:"外甥,这事不对啊。"

元宝说:"哪里不对啦?舅舅。"

王大胆说:"外甥,我记得你当年根本没跑,我一刀下去,就把你的头砍掉了,血喷了一地,后来是你舅母给你收的尸,就葬在城西的山脚下,每年过节的时候我和你舅母都去给你烧纸呢。"

元宝听到这话,脸色变得更加苍白:"舅舅,你是说我当年根本就没跑?我已经被你杀了?"

王大胆点了点头:"千真万确,当时很多围观的人都看到了。"

这时元宝的身体开始剧烈颤抖起来,手里的酒盅也掉到了桌上,他指着王大胆,大叫一声:"怎么会这样?怎么会这样……舅舅,原来你一直都在骗我!"话一说完,只见元宝整个人都瘫倒在炕上,忽然之间,他从头到脚竟然都化成了一股浓浓的白气,喷散出去,不一会儿,炕上就只剩下一套空衣衫。

王大胆见此情景不免吓了一跳,他从炕上站起来,再去看时,那原本机灵可爱的小孩子也倒在饭桌旁,慢慢地化成了一摊血。

王大胆这时酒已经醒了一大半,他在炕上倒退了几步,双手扶住墙,喘着粗气。那女人看到眼前的景象却没有任何慌张,她哀伤地叹了一口气说:"舅舅,当年你的一句话,本来已经救了他,现在又何必再提起来呢,他就是信了你的那句话,靠着一口气才活到现在,你对他说了实话反而害了他,还有我这可怜的孩子,再过几年他就会长成一个人,现在……现在……"女人说完,流着眼泪转身出了门。王大胆愣了愣,追出门去看时,哪里还有女人的影子,只见院内的墙上站了只黑猫,对着他"喵喵"叫了两声后,跳出墙外,再没了踪影……

王大胆又惊恐又后悔,连夜离开了盛京,回到家后他大病了一场,病好后辞去了衙门里刽子手的差事,整天坐在自家的小院里发呆。有人问他究竟去盛京这一趟发生了什么事,他就瞪大眼睛对人家说:"人活一口气,人活一口气!"

自此以后,再没人管王大胆叫王大胆了,而是改口叫他"一口气"。

(改编:李 想)
(题图:谢 颖)

影子爱人

怪异的男友

2011年11月11日,这是个百年一遇的世纪光棍节,扎堆儿结婚的年轻人特别多。

这一天,唐诗雨最大的愿望就是男朋友揭晓能正式向她求婚,两个人一起在这个特殊的日子里正式告别单身。因此,那个下午,唐诗雨特意请假,约揭晓去郊外爬山。

两人结伴来到郊外一座小山的半山腰上,那里有一株很古老的银杏树,树上挂满了红绸。当地人都说,这棵老树上住着神仙,每个在树下许愿的善男信女,都将会拥有一生的幸福。可让唐诗雨生气的是,整整半天,揭晓完全是一副心不在焉的样子,说话也语无伦次。唐诗雨很失望,太阳快要下山的时候,她终于忍不住把揭晓一个人扔在那里,自己气呼呼地独自下了山。

"诗雨,等等我!"似乎有些不知所措的揭晓,在呆呆地发了一会儿愣后,终于高喊着追了过来。

揭晓的喊声有些嘶哑,唐诗雨忍不住放慢了脚步,心想:或许是他最近工作太忙、压力太大了吧?揭晓不久前刚换了一份工作,收入很不错,但也很辛苦,唐诗雨曾经问他是什么工作,他故作神秘地没告诉她。

揭晓不知是什么时候追上来的,他拉着唐诗雨的手,似乎不知道该说什么:"诗雨……我……"

就在这时,唐诗雨猛然察觉出了一种异常,揭晓追上来拉她的时候,她不但没有听到他的脚步声,而且也没看到他的影子。唐诗雨以为自己看错了,特意擦了擦眼睛仔细去看,是的,此时此刻,两人站在夕阳下,而地面上,分明只有唐诗雨一个人孤单的影子。

唐诗雨的心一阵战栗,她在电视上看到过报道,最近本市发生了一系列奇怪的案件,有一个高科技犯罪团伙,专门盗取别人的影子,然后强迫这些影子登堂入室去作案。

专家特意提醒,一旦发现影子被盗,一定不能惊慌,更不能让其本人知道,因为受害者的生命此时正处于非常脆弱的状态,一旦受到刺激,后果将十分严重。

前些天,已经发生了好几例受害者猝死的案例,刚看到这些报道时,唐诗雨还觉得很可笑,人的影子怎么可能丢掉呢?可现在,这种事情竟然就发生在她最心爱的揭晓身上……

失踪的指纹

回到市区,两人像往常那样在地铁出口分手后,唐诗雨就打车直接去了市公安局,她要去报警。

接待唐诗雨的是一个英俊的年轻警官,姓王。唐诗雨惊慌失措地向王警官描述了发生在揭晓身上的不幸后,王警官笑了,问道:"你这两天没看新闻吧?"

唐诗雨点点头:"嗯,没怎么看,怎么了?"

王警官说,前天,在一个神秘举报者的帮助下,这个案子已经告破了。所以,王警官让唐诗雨放心,她男朋友今天晚上应该就能够恢复正常的。

王警官随后又带唐诗雨去了一个密闭的房间,那里一张桌子上,摆满了一排排黑色的玻璃瓶。王警官问唐诗雨:"你能提供一个你男朋友的指纹吗?"

唐诗雨不解:"要指纹做什么啊?"

王警官指指桌上那些黑色的玻璃瓶,告诉唐诗雨说,这里面装的都是受害人被盗去的影子;而指纹是辨别它们身份的唯一途径,公安局的专家会根据提供的指纹,找到受害人丢失的影子,再通过特定的解码程序,把这个影子解救出来,让它自动还原到受害人身上。

"噢,原来是这样啊,我现在就有他的指纹。"唐诗雨说着,就取出自己的手机递给王警官。她说,揭晓新上班的那家公司要求十分严格,无论是不是上班时间,所有职工一律不能使用手机,所以揭晓随身不带手机,今天下午在山上拍照,用的是唐诗雨的手机,这上面应该有揭晓的指纹。

可王警官听了却一怔:"他们公司这么严格啊?"不过他也没再多说

什么，拿了唐诗雨的手机就去了另外一个房间。很快，他就回来了，告诉唐诗雨说，手机上没有揭晓的指纹。

紧接着，更奇怪的事情又出现了。唐诗雨说，在山上时，揭晓拥抱过她，她肩膀和后背的位置，一定会留下揭晓的指纹，可令人费解的是，王警官和专业技术人员在唐诗雨的衣服上找了半天，依然没有发现有揭晓的任何指纹。

最后，王警官出了一个主意，让唐诗雨约揭晓去咖啡馆，在他不知情的情况下取他的指纹。唐诗雨就用王警官的电脑给揭晓发了一封电邮，自从揭晓到新单位不让用手机之后，他们平时就用这种方式联系，揭晓在电脑上设置了电邮提醒功能，这样唐诗雨随时可以联络到他。

果然，揭晓马上就收到了唐诗雨发给他的邮件，一听说唐诗雨正在咖啡馆等他，很快就风风火火地赶来了。可遗憾的是，技术人员在揭晓用过的茶杯上依然没有找到他的指纹。

"这到底是怎么回事呢？不会是被偷了影子的人都没有指纹吧？"唐诗雨急得都快哭了。王警官也觉得疑惑，因为这几天他们已经通过这种方式成功解救了几十名受害者，像揭晓这种情况，却还是第一次碰到。

消失的影子

要想得到揭晓的指纹，其实并不是很难，唐诗雨找了一个借口让揭晓回去，之后她就匆匆回到自己住所，拿来了一封揭晓以前写给她的情书，那上面肯定会有他的指纹。

然而，一个更意外的情况出现了：揭晓的指纹是有了，但专家们却没有在那些瓶子里找到和揭晓指纹相对应的影子。

唐诗雨惊恐地问:"不会是……弄错了吧?"

王警官肯定地告诉她:"不会。"

"那是不是还有被盗的影子遗漏在犯罪团伙那里,没有取过来放在瓶子里?"

王警官想了想,说:"这倒是有可能,我们会进一步处理的。这样吧,你留下联系方式,先回去,有了消息,我们会在第一时间和你取得联系。"

尽管唐诗雨十分着急,可也没有办法,只有按王警官的要求,留下手机号,回去等消息。

接下来的每一分每一秒,对唐诗雨来说都是漫长而痛苦的等待,揭晓随时都会有生命危险,可这件事情现在又不能让揭晓知道。

唐诗雨一边流泪,一边在街上漫无目的地走着,最后走累了,便坐在花坛边休息。忽然,一辆警车在花坛旁边的大厦门口停了下来,唐诗雨无意中一看,从车上下来的,竟是王警官,她连忙站起来打招呼:"王警官,这么巧啊?"

王警官朝唐诗雨点点头,径直向大厦里面走去。唐诗雨心里一个激灵,快步追了上去:"王警官,揭晓的事情有进展了吗?"可刚追到大厦门口,一位威严的警察伸手拦住了她:"对不起,小姐,你不能进去。"

王警官见此,若有所思地皱了一下眉头,对那位警察打了一个招呼,然后就带着唐诗雨一起走进了大厦。

在电梯里,王警官告诉唐诗雨,这幢大厦的地下二层,就是影子案件的办公场所,那些瓶子就是在这里被发现的,他现在来这里,就是要看看是否能找到可能被遗漏的揭晓的影子。本来这里是戒严了的,之所以破例允许唐诗雨进来,是因为说不定能让她感受到一些什么,或许对案子的进一步破解会有帮助。

唐诗雨跟着王警官来到地下二层,与其说这里是个曾经的地下工厂,倒不如说是个巨大的实验室,到处堆满了大大小小的瓶瓶罐罐,散发着一股刺鼻的气味。唐诗雨硬是强忍着,仔细寻找装着影子的黑瓶子。可是过了没多久,黑瓶子没找到,她人却受不了啦,恶心得直想吐,只好一个人跑到走廊上透气。

唐诗雨趴在楼梯栏杆上喘息了一会儿,一抬头,突然看到一个熟悉的身影,在走廊的尽头一闪而过。这不是揭晓吗?他怎么在这里?"揭晓……"唐诗雨一边喊,一边飞快地追了上去。

可是,等追到走廊尽头,唐诗雨不禁愣住了:这里根本没有路,也没有门!奇怪呀,明明刚才揭晓还在这里,现在会去哪儿了呢?对了,如此戒严,他又是怎么进来的呢?

王警官听到喊声快步赶了过来,唐诗雨便把刚才看到的一幕告诉他。王警官四下查看,又叫来技术员。那些技术员用仪器测了好一阵子,又回到主控室的电脑上捣鼓了一会儿,突然,唐诗雨面前的墙壁发出一阵响声,缓缓地,竟然打开了一扇隐藏在墙壁上的门!

同时,一股腐臭难闻的气息也扑鼻而来,警方在这个不大的房间里,发现了一具已经开始腐烂的尸体,而他就是揭晓!

悲怆的真相

眼前的一切,不但唐诗雨不相信,王警官也不相信:如果这就是揭晓的尸体,那么几个小时前,赶来咖啡馆的那个人是谁?而且,刚才唐诗雨看到在走廊尽头一闪而过的熟悉身影又是谁?

能够解开这个谜底的,只有揭晓自己了。幸好在这个房间里,除了揭晓的尸体，还有他留下的一封遗书，这才使一切真相大白：

为了早日能买上一套房子和唐诗雨结婚，学化学专业的揭晓，辞去了在一家国企的稳定工作，进了这家薪水十分诱人的企业。可他没想到，这家公司其实是被一个高科技犯罪团伙控制的，他们生产的药品，能把受害者的影子从他身上分离出来，然后他们就控制影子去四处作案。

揭晓发现了这个天大的秘密后想去报案，可他又知道那根本不可能，因为每一个应聘来的工作人员，自打进入公司那天起，就会受到严密监控，失去活动自由。怎么办呢？揭晓不甘心，他于是便偷偷潜入车间，打算把那些化学药品销毁掉。可没想刚钻进车间，马上就被发现，一顿毒打之后，他就被扔到了这里。

这里其实是一个非常隐秘的隔离室，揭晓知道这个事情太紧急了，多耽误一天，就不知道有多少无辜的人会受害，因此，奄奄一息的他在无计可施的情况下，只好服下一粒他偷偷藏起来准备以后给警方做证据的药丸，把自己的影子和身体分离开来，然后让影子跑了出去。身体本来就很虚弱的揭晓，因为影子被分离而耗尽了最后一丝元气，在当天就含恨停止了呼吸……

揭晓留下的遗书，最后是这样说的："诗雨，对不起，本打算这个光棍节向你求婚的，如今我做不到了，我现在能做到的，只是让我的影子去陪你过一个光棍节。当我的影子带着你们发现我的尸体之后，我也要收回我的影子了。我听说，一个没有影子的尸体，就像一个没有灵魂的人一样痛苦，我不能在那个世界，失去爱你的本体……"

（昔日黑马）

（题图：谢　颖）

雪狼

雪狼的第一次出现

这几年,攀登雪山成了一项很时尚的运动,很多人都想脚穿登山靴,亲自体验一把征服雪山的快感。仇大川和他的几位同事就是抱着这种想法,千里迢迢来到新疆,在当地聘请了三名登山教练,然后一起向一座海拔五千二百多米的雪山进发。

登山第一天,这支业余登山队从海拔三千多米的大本营出发,一路走走停停,艰难攀爬了九个多小时,这才到了设在四千四百米高度的宿营地。大家躺在帐篷里休息,一位姓马的教练给大家讲起了故事。

马教练说:"咱们登的这座雪山叫雪狼峰,在当地老百姓心目中是一座神圣的山峰,传说这里生活着一公一母两只雪狼,公雪狼代表着灾难和死亡,母雪狼代表着幸运和财富。如果遇到了公雪狼,那就意味着要有灾祸发生了;如果遇到母雪狼,那便意味着要有财富临门了。"

仇大川好奇地问:"那怎么才能分辨出雪狼的公和母呢?"

马教练笑着说:"公雪狼尾巴长,拖在雪地上;母雪狼尾巴短,只垂到小腿上。"

介绍完雪狼,马教练又接着讲故事:许多年前,当地的一个居民在雪狼山上意外地遇到了公雪狼,他本以为要有灾祸临头,可是灾祸并未出现,反而幸运降临。在雪狼出现的地方,他意外地发现了一颗钻石之王。那个居民乐坏了,兴高采烈地偷偷将钻石带回了家。可是,他刚一进家门,灾难便发生了。他所在的那个村落突然发生了强烈地震,他一家五口人全部被倒塌下来的房屋压死。奇怪的是,与他同村的其他居民家里,却连一个人都没有死。更加奇怪的是,地震过后,他带回家的那颗钻石之王也不翼而飞了。

马教练刚讲完故事,仇大川他们都笑了,纷纷说这个故事太神了,不可信。马教练也说这只是一个传说,大家当故事听听就可以了。

这时,仇大川的同事小姜觉得有点尿急,于是钻出帐篷去方便,可他的脑袋刚一伸出帐篷,便发出一声惊叫。

大家赶紧问小姜怎么了,小姜半天才回过神来,脸色煞白地扭回头说:"我刚才好像是……看到雪狼了。"

小姜一说这话,大家都笑了,说他这个玩笑开得一点都不好玩儿。

小姜却很认真地说:"我真的没骗你们,我刚才一掀开帐篷,便看到一只像小牛那么大的狼站在门口,它全身上下长满了雪白的毛,几乎跟雪山一个颜色，只有它那双眼睛，红得像两颗宝石一样。"

众人笑着说小姜可能是刚听完故事，满脑子全是雪狼，于是看花了眼。可小姜死活也不敢钻出帐篷半步了。

雪狼的第二次出现

第二天一早，这支业余登山队开始踏上了最后冲顶的征途。

仇大川他们毕竟是第一次来高原登山，此时身体上已经出现了不同程度的高原反应，头疼、乏力、恶心等种种身体不适感开始折磨他们。眼看快到五千米的时候，他们再也没有力气前行了。

走在队伍最前面的马教练看出大家已经到了身体的极限，就停下脚步说："你们觉得怎么样？如果实在不行，咱们就往下撤。"

一听要往下撤，仇大川他们又觉得舍不得，毕竟他们现在距峰顶只有几百米的距离了。只需要再坚持几百米，他们就能品尝到冲顶成功的快乐了。现在撤下去，岂不是前功尽弃？

大家还在犹豫着，同行的另一位姓李的教练说："登雪山有一条圣诫，那就是：绝对不能透支体力。经常登山的人都知道，三分之一的体力用于登山，三分之一的体力用于下山，还要留下三分之一的体力用于应付意外事件。你们要是为了登顶，一次性把体力全部透支完的话，恐怕到时候困在山顶上就没有力气下来了。"

听教练这么一讲，大家权衡了一下自己的体力情况，只好望顶兴叹，不太情愿地开始打道下山了。然而，正当大家往半山腰的营地下撤时，突然听到脑后传来一阵轰隆隆的响声。

一听到这个声音，马教练大呼一声："不好，有雪崩，大家快往山下滚。"

仇大川他们一听这话，全都吓坏了，当即也顾不上许多，急忙连滚带爬地往山下撤离。由于慌不择路，大家无一例外地全都跌入到山道旁边的一个峡谷中。幸好这个峡谷并不算太深，加上雪厚，大家这才没有摔出重伤来。

又过了一会儿，那轰隆隆的声音渐渐平息下来，马教练这才长吁一口气说："咱们总算躲过了这一劫。"

雪崩停止后，大家开始寻找出谷的道路，不过刚走没几步，仇大川突然有了意外发现。

"你们快看这是什么？"仇大川指着脚下一件隆起的东西说。

大家循着声音凑过来一看，不由全都惊呆了。在仇大川脚下，竟然是一块通体透明、全无一丝杂色的极品金刚石，重量少说也有一两千克拉。

"天哪，我们要发大财了，把这么大一块钻石弄下山，我们能卖多少钱呀！"小姜啧啧惊叹着说。

大家看着这块晶莹剔透的宝石，心里全都乐开了花。仇大川他们一边兴奋地说着话，一边弯腰要将这块宝石拿起来。

这时，马教练突然出声喝止："都别动！"

"怎么了呀？"仇大川他们愣住了。

"你们忘了我昨天晚上讲的那个故事了吗？"马教练皱着眉头说，"这块宝石不能动，因为它上面有雪狼的诅咒。"

"别开玩笑了，教练，"仇大川不以为然地说，"你昨天不是说了嘛，那只不过是个传说。"

"无风不起浪，"马教练很严肃地说，"雪山里有太多的神秘，我们宁可信其有，不可信其无，大家听我的，必须赶紧想办法离开这里。"

马教练虽然极力催促大家离开，但是谁也舍不得迈动脚步。三位教练对视了一眼，马教练又说道："你们没来过雪山，所以不知道，其实这座山上是极少发生雪崩的，可是昨天晚上小姜刚说过他看见了雪狼，今天我们就遇到了雪崩，难道你们就不觉得邪门吗？"

另一位姓孙的教练也跟着说："我们可不想惹祸上身，你们要是再执迷不悟，我们三个可就先走了，到时候你们要是找不到回营地的路，困在这座峡谷里，可别怨我们见死不救。"

在三位教练的极力制止下，仇大川他们只好极不情愿地跟在教练身后，寻找回营地的路。他们一直走到天色渐暗之时，才回到了营地。此时，大家早已筋疲力尽，再加上高原反应，所以一进帐篷便一头钻进睡袋，像死猪一样睡了过去。

仇大川他们刚一睡下，孙教练就笑了，小声说："真有你的，老马，用一句雪狼的诅咒，一下就挤掉了七个跟咱们分宝石的人。"

马教练也露出一丝奸笑，说："你也挺机灵，马上就顺着我的思路往下说，帮我把这七个傻瓜给骗回了营地。"

另一位李教练一招手，边往外走边说："别磨蹭了，赶快去把那块宝石搬下山卖了，下半辈子吃穿不愁了。"

于是，这三位教练便嘻嘻哈哈地直奔峡谷而去。

且说第二天早晨，仇大川他们醒来后发现，那三位教练竟全都不见了。他们在帐篷里一直等到中午，还不见教练回来。无奈之下，大家只好决定自己摸着路下山。

众人刚一走出帐篷，小姜突然发出一声惊叫："你们看，雪狼！我那天晚上看到的就是它。"

大家顺着小姜手指的方向，在不远的一处山坡上，果然看到了一匹如小牛般粗壮、如虎豹般威风凛凛、通体披着雪白皮毛的大狼。

众人惊呆了。仇大川在动物园里见过灰狼、黑狼、赤狼、红狼，但是通体雪白的大狼他还是头一回见到。只见那匹白狼仰天发出了一声令人毛骨悚然的嚎叫，就向雪山的深处跑去，一眨眼工夫便不见了踪影。

雪狼离开后很久，众人才回过神来。他们依稀想起，雪狼出现的方向，正是昨天他们遇困的那个峡谷的方向。在雪狼跑过的雪地上，众人还看到了一双红手套。那双手套是马教练的，大家心中升起一种不祥的预感。

雪狼的第三次出现

雪山真的太神秘了。受到雪狼惊吓的众人，在惊慌失措中，连帐篷都顾不得收，草草收拾起背包，沿着来时的路，匆忙下山。

上山不易，下山更难。下山时两腿发软，没有支撑点，步子迈得稍微大一点，就会摔倒。大家觉得，通往大本营的这一千多米路程似乎比天涯还要遥远。

夜幕降临时，他们总算依稀看到了终点。一百多米外的雪地上，亮着点点灯光，那里就是大本营了。

然而，就在此时，仇大川突然感到脚底被什么东西绊了一下，他一个站立不稳，重重摔倒在了雪地上。这一跤摔得着实不轻，仇大川的鼻子都被碰出了血。

仇大川咧着嘴，捂着鼻子从地上爬起来，低头朝脚下一看，不由吓出了一身冷汗。原来，绊倒他的居然是那块通体透明、全无一丝半点杂色的极品金刚石。

"太邪门了!"仇大川已经忘掉了鼻子上的疼痛,倒吸着凉气说。

大家听到声音,全都围了过来,都觉得这事太过邪门。峡谷中的那块宝石,怎么像长了翅膀一样飞到了山脚下呢?

"怎么办?"仇大川的同事小方说,"反正已经到了山脚下,即便再发生雪崩也伤不着咱们了,不如……咱们把这块宝石搬回大本营吧?"

小方这句话,说出了在场大部分人的心声。"天下熙熙皆为利来,天下攘攘皆为利往",在巨大的财富面前,又有几个人能不为之心动呢?大家眼神里透出一股既紧张又兴奋的光,死死盯着这块诱人的宝石,谁的视线都不舍得再离开。

就这样沉默了十多分钟,最后,仇大川狠狠地咽了口唾沫,强自收敛心神,将头抬了起来,他用略带嘶哑的声音说:"大家听我一句话,我不敢肯定这块宝石上到底有没有什么所谓的雪狼诅咒,如果没有,我们把宝石带下山,就可以成为大富豪;可是万一要有,我们就会给自己和家人带去巨大的灾难!是财富重要,还是我们的亲人重要?大家现在做个选择,觉得亲人重要的,现在请跟在我身后,我们一起下山;觉得财富重要的,你们可以留下,这块宝石便归你们所有了。"

说罢这话,仇大川转过身去,头也不回地朝山下走去。

小姜犹豫了一下,也坚定地抬起头,紧跟着仇大川走下山去。另外几个同事看了一眼仇大川和小姜的背影,又看了一眼脚下的宝石,眼神里掠过一抹痛苦且茫然的神色,最终还是恋恋不舍地一步一回头,朝山下走去。

最后,只剩下小方一个人还站在宝石前,脸色通红,额头上一阵阵地往外冒汗。好几次,他蹲下身子,想要将脚下这块诱人的宝石搬起,可是每次蹲下,他脑海里便会浮现出妻子和孩子灿烂的笑容。经过一番痛苦的内心挣扎之后，最终小方一跺脚，发出一声长长的叹息，一脸痛苦地往山下走去。

就在小方刚刚转身离开宝石之际，众人猛然看到一条白影从雪山一侧冲出，像一团白雾似的朝雪山上奔去。又是雪狼！这是仇大川他们三天两夜内第三次遇到雪狼。

回到大本营之后，仇大川将三位教练失踪的消息告诉了搜救队。

第二天一早，搜救队上山，很快找到了那三位教练的遗体。他们竟然是掉进了离大本营只有几百米的冰窟窿里，活活摔死了。

至于仇大川他们见到的那块金刚石，估计是那三位教练从山上带下来的，他们在跌入冰窟时宝石脱手，于是宝石便顺着山坡滑到了仇大川他们经过的那个地方。奇怪的是，等搜救队上山时，那块宝石却不见了踪影，搜救队的人寻遍了雪山，也没有找到丝毫踪迹。

从雪山归来，仇大川把在雪山的经历讲给妻子听。妻子信了，不过，她却提出一个让仇大川不好回答的问题："你们三次见到的雪狼是同一头雪狼吗？它是公的还是母的呀？"

仇大川愣了，雪狼出现时，他们太紧张，竟忘了去看雪狼的尾巴了。不过，仇大川随后便意识到，他们最后遇到的那头雪狼，肯定是代表幸运和财富的母雪狼。因为那头雪狼已经给他们带来了一笔巨大的财富，这笔财富就是对亲人的爱与责任。其实能够带给人类灾难的，不一定就是公雪狼，而是人内心的贪欲。

(清　明)

(题图：魏忠善)

地铁鬼影

这天,刑警王清在乘地铁时碰到一件怪事:王清办完一个案子,天已擦黑,他进了站台正在等车,一个二十出头的女孩子朝他走过来,她在王清身边停了片刻,突然问:"你是警察吗?"王清看她穿的制服,知道她是地铁站的工作人员,就笑了笑,反问道:"我这身警服不像真的吗?"

那工作人员害羞地一笑,王清看她胸口挂的工作牌,姓韩,就问:"小韩吗?有什么事,尽管说。"小韩这才聊起一件不可思议的事:

就在上个月,一天早晨,小韩打扫站台时在角落里发现了一条手绢,捡起来打开一看,上面竟然沾染了血迹,她心中一惊,想,谁乱扔擦伤口的手绢啊。中午闲着没事,她就和同事提起了血手帕的事,没想到,一个同事竟吃惊地表示,这样的手帕她也捡到过!就在头天晚上,这同事在空无一人的车厢里擦地，突然发现椅子下面有一摊血，边上丢着一条手帕，那血迹还很新鲜。她当时就吓了一跳，赶紧打电话问邻近几个站台值班的人，却没发现有谁受伤了。

同事们听了，都有些害怕，这时一个年轻的地铁司机走进休息室，搭话了，他说还有更可怕的呢：就在不久前，他上晚班，开最后一趟车，从这一站开出去没多远，透过驾驶室玻璃，他隐约看到有个人影在轨道上跳动，他心里一惊，正犹豫是否要制动，列车速度已经提了上来。那黑影子闪了一下，直接就朝驾驶室的窗玻璃扑来，他来不及反应，下意识地缩了下头，过了几秒回过神来，发现玻璃没有破裂，列车依然平稳地运行着。等到了终点站他还没缓过来，也没敢和别人说。小伙子讲的这个经历更令人恐惧，讲完后一屋子人鸦雀无声，小韩更是吓得直往小伙子身后靠，说再也不敢上晚班了。

旁边一个上岁数的检修工不太信这些事，就让小伙子拿出证据来，要不就别瞎说。小伙子急了，发誓自己说的都是真事，憋红了脸就和检修工吵起来了，最后小伙子逼急了，说："地铁里就是有邪物，你不是要证据吗？那个穿红衣服的女人大伙都看见过吧，穿着红裙子、下面看不到脚的那女人。"

小伙子一提到穿红衣服的女人，大家立刻都安静下来，因为最近确实有个穿红衣服的女子，经常一言不发地在站台上走来走去，过了几趟车都不上。她的裙摆很大，也看不清她是走还是飘。见一提红衣女人，大伙都不作声了，小伙子很得意。

小韩听了小伙子的话，更加害怕了，这个红衣女子，上星期她也看到过。今天又轮到小韩值晚班，她实在不想再碰到那个恐怖的女人，也不想再捡到什么血手帕了，刚才她见王清是个警察，就突发奇想，想请他帮忙。小韩问王清:"警察能管这类东西吗? 能不能捉到她?"

王清听完小韩的叙述,已经错过三趟车了。他问小韩,那红衣女人一般什么时候出现,小韩说一般是最后几班车出现。王清说好,反正自己的事也办完了,就陪小韩等她出来。

小韩一听,像遇到了救星一样,特意给王清搬来张软椅,让他坐下。王清也不说话,拿过报纸看起来,耐心地等着神秘的红衣女子出现。遗憾的是,直到最末一班车驶过,也没发现什么红衣女子,看来这个谜底暂时无法解开。

第二天下班,王清应约再一次去那站台等候,几位工作人员热情地给他倒上热茶。一趟又一趟列车驶过,百无聊赖中,王清倚着墙打起了盹,迷糊中听到一阵零乱的脚步声由远及近,他立刻睁开眼,只见小韩慌张地跑过来,低声地说:"她来了! 她来了!"

王清马上站起来,只见一个穿着红色长裙的女子面无表情地一步一步走到站台前,她大概三十岁左右,脸色煞白,没有血色,一袭红裙随风摆动,甚是诡异。不过,裙子摆动的瞬间,王清发现她还是有脚的。

王清鼓足勇气,慢慢跟了过去,仔细打量起红衣女子,只见她直挺挺地靠在墙边,一动不动。忽然,王清发现一个细节,她的手腕上似乎有未愈合的伤口,腕上系了一条手帕。

观察了一番,王清走回来问小韩:"那天你捡到的血手绢,还记得是什么样子吗? 是不是有碎梅花图案,上面的血迹是不是一个交叉的十字形状?"小韩吃惊地说:"没错,是梅花图案,血痕是十字状,你怎么知道的?"王清笑笑,说是猜的。

这时,黑暗的隧道里有了光亮,车就要进站了。突然,红衣女子做出一个惊人的举动,她一把拽下脖子上的项链,扔在地上,然后向车进站的方向走去。王清大喊一声:"别动!"就追了过去。红衣女子略微迟疑了一下,反而沿着站台向列车迎面冲去!

王清一边大叫着:"快拦住她!"一边从原地飞扑过去,在半空中一把抱住那女子,顺势滚倒在站台上,列车呼啸着擦身而过。

这时站台上乱套了,工作人员一起帮王清把这个红衣女子带进了办公室。王清问她为什么要在地铁内自杀,女子的眼神有些呆滞,语无伦次地反复说着:"不等了,不等了……"

到此时,红衣女鬼的谣言已经告破,这女子看来不过是个普通人。不一会儿,女子的家人闻讯赶来了,她的老父把王清拉到一边,告诉他其中的曲折故事:

这女子以前上班都乘坐地铁,在地铁上总能遇到一个男子,一次两人攀谈起来,不久就相恋了。可就在婚礼的前一个月,小伙子到外地出差遇到了车祸,重伤不治,几天后死在了异乡。小伙子弥留之际,对赶去的家人说,未婚妻有心脏病,怕她承受不了这个打击,希望先隐瞒一段时间。

双方老人一合计,就告诉女子,她爱人紧急公派出国了,走得匆忙,没留下话。这个谎言维持了一年多,女子不安地追问所有人,出国为什么也不打个电话回来,大家都婉转地说,男人在外面可能变心了。女子很生气:即使变了,也该大大方方回来告诉她一声呀。

纸包不住火,一天,女子终于得知,那个她苦苦等待的人,其实早已不在了。虽然这么长的时间冲淡了思念,但她还是无法接受,不知道该高兴还是该难过:高兴的是男友始终如一地爱着她,从未改变;难过的是,她再也没机会等到他了。

女子的心脏虽然承受住了这次打击,但精神却没有承受住,患了轻微的精神疾病。她经常穿一身红衣服，戴着他送的项链，在他们初次相识的地铁里，翻来覆去地从头坐到尾，后来病情加重，已经无法控制自己的情绪了。前一阵子，家人发现她回来后，手腕上有十字形的割伤，家人就看得比较紧，哪知今天她又偷偷溜出来，造成了今晚的一幕。

原来，地铁里连续捡到的血手帕，就是这女子在地铁里几次割腕自杀，后又清醒过来，自己用手帕擦拭伤口后扔掉的。

几天后，王清去找那个爱讲鬼故事的地铁司机，因为事实证明，红衣女子和血手帕的事只是误会，地铁里根本没有鬼，那小伙子为什么要编造那些离奇恐怖的故事呢？

王清穿着便服在休息室悄悄地坐下，见一群人正围着那年轻的司机，听他讲述新的遇鬼经历，而小韩则惊怖地依偎在小伙子怀里，紧紧攥着他的手。突然，王清明白了，他拨开众人，把那个年轻的司机拉到一边，轻声说："既然女孩已经追到手了，就别再讲这些故事了，再散布谣言，可就算扰乱公共秩序了。"

小伙子的脸腾地红了，他承认，自己无非是想制造些恐怖气氛，找借口晚班后送小韩回家，在和同事的争论中，他无意地提到了那个怪怪的红衣女子。不过，没有小伙子的提醒，也就无法及时挽救那想自杀的红衣女子，也许一切冥冥中都有安排吧。

这时，小韩走过来和王清打招呼，王清看着他们，笑了笑，啥也没说。是啊，除了祝福他们，他还能说什么呢？

（骆　驼）
（题图：谭海彦）

楼道里的陌生人

我这人天生胆小多疑，属于没事儿不惹事儿，有事儿躲一边的那类人。没想到，怕啥来啥。

我家住在五楼，那天中午快12点时，我下楼去买东西，"蹬蹬蹬"才下了几级台阶，忽然看到4楼楼道拐弯处跪着一个人！此人五大三粗，一脸凶相，正朝我努嘴瞪眼呢！我吓得浑身一激灵，不敢往下走了。那大汉的嘴里好像塞了东西，支支吾吾讲不清话。再仔细一看，他的脚上和手上都绑着绳子。我有心过去给他解开，又一想，万一他是假装被绑着，我一过去，他一个鲤鱼打挺把我打倒在地，我不就完了？再看到他身后的402房间门虚掩着，更加重了我的疑虑，因为这户人家早就搬走了，是一处空房，保不准里面藏着几个歹徒做接应呢……

我听听四周，中午时分，各家各户都在忙着做饭，楼道里静悄悄的。我不敢轻举妄动了，一转身，就返回了自己家门，觉得还不放心，我又把门锁上了保险。

我倚在门边侧耳细听，就听见下面咿咿呀呀的声音越来越大，我心里也越来越害怕：要是他见诡计不成，恼羞成怒，和同伙冲上来怎么办？心慌意乱之中，我忽然想到，何不向邻居老何求助呢？他是长途车司机，见多识广，更重要的是他身材魁梧，膀子有我腿粗，就是楼下那家伙想打什么鬼主意，也不一定能敌得过他。我轻轻打开门，走到老何家门口，按响了门铃。

老何在里面问："谁？"

"我，邻居……"我明显底气不足，自己都听出声音在发抖。

门开了，老何左手拿着一双筷子，嘴里还塞得满满的。他看见我，一愣，用力咽下嘴里的食物，问："什么事？"

我忙对他说："楼道里有一个人被捆在那儿！"

听了这话，老何走到楼梯旁，探头向下望了一下，然后对我说："别理他，要饭的使的花招！"

"可他正好堵在楼梯口，让人上不得下不得，要不，给110打个电话，让他们来处理？"我小心翼翼地建议。

"这我就管不着了，你看着办吧。"老何说完，就要往门里进。

我忙拦住他："何师傅，我家没装电话，借你家电话用用？"

老何一把把我拉过去，小声说："你知道现在这世道多乱？打到110的电话号码，电脑都能自动记录，咱们扰了人家的事儿，万一这要饭的跟黑社会有什么瓜葛，到时找上门来，你说我冤不冤？我老婆孩子都得陪着我担心，我劝你还是别管了。"

我只好点点头，心说老何到底岁数比我大，想问题真是周全。

老何一扭身回了屋，我也想赶紧钻到家里，可楼下那人咿咿呀呀的声音越来越大，吵得我心惊肉跳的。我想，刚才他已经看到了我的长相，今天要是不能遂了他的心愿，万一将来他带人杀上门来，我的老婆孩子怎么办？不行，还得打电话，让110巡警把他弄走。我脚步轻轻，又走到对面敲起了门。

对面住的是一位小学老师，姓申，他打开门后，很有礼貌地问我："你有什么事吗？"

我希望他能听见楼下的声音，可他好像耳朵不好使，一点儿吃惊的表情都没有，我只好对他说："申老师，对不起，我有点急事，想借一下电话。"

申老师热情地说："好！好！请进！"他把我领到电话旁边，笑眯眯地看着我，这次我长了个心眼，如果他知道我打的是110，会不会也阻拦呢？于是我冲他不好意思地笑了笑，他明白了，忙说："哦，个人隐私！我不听，你打，你打！"说完走到另一个屋看电视去了。我赶忙拿起电话，拨通110，报告了情况，然后向申老师致了谢，回到自己家。

5分钟后，楼底下传来了警笛声。接着我听到楼道里传来纷乱的脚步声，声音在四楼停住了。

我正在犹豫是出去还是不出去呢，楼道里却已经热闹起来了，各家各户的防盗门你开我关，乒乒乓乓一阵忙乱，说话声响成一片。这下，我胆子也大了，打开门来到了楼梯口，见已经有不少住户围在那里了，几个警察正站在那人面前。

一个警察威严地问："谁把你绑这儿的？"

那大汉嘴里塞的东西已被民警取出，只见他哭丧着脸说："我也不知道,他们把我骗到屋里,用刀逼住我,然后就把我捆住了。"

另一个警察给他解绳子,解了半天解不开,说道:"真够结实的!谁家有剪子?""我家有我家有!" 401的女主人说着,忙回家去拿了一把剪刀,总算把绳子给剪开了。那人站了半天也没站起来,一个警察去搀他,几个住户也赶紧上前帮忙。

有人问警察:"怎么回事?"

警察说:"他的出租车让人给劫了。"

人们听了都啧啧叹息,其中一人说道:"大兄弟,你咋不早点喊啊,这楼在市中心,大中午的,谁家没有人?你一喊,谁还不出来看看?吓也得把劫车贼吓跑了!"

又有一个人说:"瞧瞧现在这世道!光天化日底下也敢明抢呀,逮住这帮劫车的,一个别留,全毙了!"

那被劫的司机不知是吓的还是气的,只是浑身不住地哆嗦,这么大的一个汉子,眼睛里还噙着泪。我背上冷汗也下来了,赶忙低下头,不敢拿正眼瞧他。

好半天,那人才定下神来,断断续续地说出了事情的原委。

原来,这个被绑的人是县里的一个出租车司机,对市里的情况不熟悉。估计一个劫车团伙预先租了这楼的402房间,埋伏在里面,设好了套,然后派一个人到县里租了他的车,谎称回市里,谈妥价钱后就直奔这里。等到了楼下,那人谎称去家里取钱,让司机跟着上来。大中午的,又是在家属院,谁能想到那个"家"其实只是一处空房?那司机毫无防备跟上来了,谁知一进屋,几个大汉一起下手,将他五花大绑,嘴里塞了块破布,就丢在了房间里,然后开着他的车扬长而去。这司机使劲挣扎着到了门外,身上的绳子却被门口一截水管给勾住了。这下,跑又跑不了,叫又叫不响,一直等到警察来救他。据说,他挣扎出门时是12点整,那时,几个劫车的家伙才走了几分钟。

听到这里,我的心一跳。这就是说,我看到这个男人的时候,罪犯们才刚刚走了五六分钟,连市区都还没有出去。要是马上报警的话,兴许就能抓住他们了,唉,瞧我的胆儿!

这时,大伙儿聚在楼道里,纷纷发表自己的意见,为刑警们出谋划策,分析案情。我一眼看见老何,挤在人群中,挥动着双手,唾沫星子横飞,一脸正义凛然的样子……

(武爱民)
(题图:杨宏富)

逃 犯

今年的雨季来得早，刚入夏，就连日暴雨，今天中午好不容易停了，据天气预报说，明后天还会有大雨。老李趁这个空当，赶紧下山到镇上买米买面做储备。

采购好东西，老李拐进街口郭瘸子的修车铺，想听听这几天镇上有什么新鲜事。老李一个人住在山上，很少与山下的村民交往，与世隔绝了一般。而郭瘸子是镇上的百事通，果然，一见老李，郭瘸子就迫不及待地告诉他一个特大新闻："知道不，北山看守所前天跑了好几个犯人。"

老李吃了一惊，心想：这还了得，多少年都没听说越狱的事了，那些看守都是白吃干饭的？手里又不是没有枪，咋能让犯人从鼻子底下溜了呢？

郭瘸子告诉老李，不怪看守，就怪这场雨，前天半夜时分，山洪引发泥石流，冲垮了看守所靠山的一段围墙，连带着冲倒了几间监舍，几个犯人就趁乱跑了，听说里面还有个杀人犯。市公安局已经发了通知，提醒老百姓注意安全，看到可疑人员要马上报警。

老李担忧地说："谁碰上这伙人可要倒大霉了。"郭瘸子见他忧心忡忡的样子，就呵呵笑着说："伙计，你尽管放心大胆地回去吧，听说他们逃出来后，就劫了一辆车，现在早跑出几百上千里地去了，你想呀，谁还会在这里等着让人抓？"

接下来，两人又闲扯了几句，老李见天又阴上来了，赶紧起身告辞。

山陡路滑，老李背着米袋，走走歇歇，费了半天劲才回到自己那位于半山腰的家。刚好到了家门口，雨又稀里哗啦下了起来，老李暗暗庆幸，赶紧开锁进屋。他没有注意到，在右侧的窗台上，有两个泥迹斑斑的脚印。还没等他放下粮袋，他身后的房门忽然"吱呀"一声自己关上了。老李心里一紧，就觉得后脊梁一阵发冷，感觉到身后有人。老李素来不喜与人交往，附近的村民都知道这点，很少有人来打扰他。会是谁呢？老李转过身，骇然发现门前果然站着个陌生人。这人浑身上下全是泥水，胳膊上、脸上到处是擦伤、划伤，胡子拉碴，一双大眼里闪着凶光，死死盯着老李。老李不由打了个寒噤，脑海中倏地蹦出两个字：逃犯！

逃犯粗重的喘息声清晰可闻，老李紧张，那逃犯似乎比他还要紧张，一只手藏在身后，老李眼尖，看到从他屁股后露出一截菜刀，正在微微颤动，显然，逃犯握刀的手正在抖动。

老李呆住了，一动不敢动，心里突突乱跳，隐约嗅到了一丝死亡的气息，他知道，这些穷途末路的家伙是什么事情都能做出来的，现在千万不能刺激对方，否则后果不堪设想。

两人对峙了足足五分钟,老李忍不住了,勉强笑着开口问:"小伙子,上山迷路了吧?"

逃犯不说话,眼睛盯着老李,神情依然紧张无比。

老李没得到响应,想了想,干脆打开天窗说亮话:"我知道了,你一定是昨晚上逃出来的犯人。"

逃犯一哆嗦,"刷"地把菜刀亮出来,威胁道:"是又怎么样?"

老李后退两步,双手摆了个不设防的姿势,赔着笑脸小心翼翼地说:"你别冲动,我这个人不喜欢多事,否则也不会一个人在山上隐居,请你放心,我绝不会报警的。我也不会反抗,你看,就我这体格儿,十个绑一块儿也不是你的对手。"

逃犯脸上的神色稍微缓和了一点。老李看着他的眼睛,试探着问:"你一定饿了吧?我先给你弄点吃的怎么样?"

逃犯眼睛一亮,点点头。老李松了口气,看来逃犯暂时不会对自己不利,希望他吃了饭快点离开。老李心里暗暗打定主意,走之前一定要叮嘱逃犯,若是重新被警察抓去,千万不要交代在自己这里躲过。老李可不想跟警察们打交道。

逃犯自己找了个小凳子在门口坐下,菜刀放在右手边,警惕地监视着老李做饭。老李边淘米,边拉近乎,问:"你们不是劫了一辆汽车吗?为什么你不跟着他们一起往远处逃?"

逃犯说:"我不想逃。"

老李奇怪了,心说你都逃出来了咋还说你不想逃?他要讨逃犯欢心,就说:"其实逃出来是对的,逃得越远越好,自由多好啊!"

没想到,逃犯眼里突然涌出了眼泪,大声说:"告诉你,我不是逃,不是为了自由,我出来只是为了弄笔钱给我奶奶。她七十多岁了,没有钱一个人怎么生活呀。"

逃犯这一哭，凶狠之态尽去。看他这样，老李倒有些不知所措。他现在才有胆子仔仔细细打量这个逃犯，逃犯很年轻，也就二十刚出头的样子，满脸稚气，哭起来的样子分明还是个孩子。老李起了恻隐之心，就轻声问道："你犯的是什么罪？"逃犯摸一把脸上的泪水，昂然说："杀人罪！"老李吓了一跳，要不是对方亲口说出来，看他年纪轻轻的样子，怎么也不会与杀人犯联系起来。一时间，老李又紧张起来。

逃犯见老李不说话，就说："你不要怕，我不会再杀人了。我奶奶信佛，从小不让我杀生，你信不信，我长到这么大，连鸡鸭都没有杀过？"老李面上不敢，肚里却暗暗好笑，心说，鸡鸭不敢杀，可你敢杀人。逃犯看出老李的心思，咬牙切齿地说："那人该死！"老李一震，不知那人是怎么惹得他这般恼恨。

一会儿，米饭蒸熟了。逃犯一天没吃过东西，早饿坏了，捧起饭碗就往嘴里填，菜刀也忘了拿，扔得远远的。老李看着他狼吞虎咽的吃相，不觉想起了自己的儿子。逃犯一抬头，看见老李目不转睛地瞅着自己，竟羞赧地报以一笑。老李不禁想，这样一个孩子，怎么会是杀人犯呢？

逃犯吃饱后，抹抹嘴，四下瞅了瞅，看见屋角有条绳子，过去取来，说："大叔，对不起，我要把你捆起来。"老李忙说："不用，你吃饱了就赶快走吧，再不走警察会搜来的，你放心，你走了后我也不报警。"

逃犯却没有要走的意思，他很得意地说："我们驾车逃出很远以后弃车分头逃，只有我又一个人掉头折回来了，现在警察们都往远处追，绝对不会想到我还会掉头回来的。"说着，不由分说把老李像捆粽子似的绑起来，然后将他抱到床上，随后，逃犯自己也在老李身边躺下了。

老李暗暗叫苦，他心里明白，对方呆的时间越长，自己危险就越大，像他这种重犯人,警察抓住他是迟早的事,一旦抓到,只怕自己也会给纠缠进去,到时候包庇逃犯事小,若是牵扯出……想到这里,老李出了一身冷汗,柔声问:"小伙子,能不能告诉我你把谁给杀了?"

逃犯理直气壮地说:"能,我为我媳妇报仇雪恨,不怕人,见了阎王我也敢说。"接下来,他就原原本本地把经过说了。原来,逃犯从小父母双亡,跟奶奶相依为命,奶奶历尽千辛万苦把他拉扯大,去年还为他娶上了个俊俏媳妇。本以为一家人从此过上好日子了,没想到厄运天降:婚后不久,他外出打工,早就觊觎新媳妇美色的恶霸村长趁他不在家,将新媳妇强行糟蹋了,新媳妇不堪屈辱,一根麻绳将自己吊死在村长的门檐下。奶奶一气之下,就此卧床不起。逃犯得到消息后赶回家,先是告状,因为没有证据,村长被派出所抓去当天就又被放了出来,照样耀武扬威。于是,几天后,逃犯在光天化日之下,将村长拦在村头,当众在村长身上扎了十几刀,刀刀见血。而后,他带着凶器来到派出所投案……

逃犯说完经过,又说:"我现在一点不后悔杀了他,杀人偿命,我也愿意伏法。我担心的只是奶奶,她今年七十二了,往后的日子……"逃犯长长地叹了一口气,很是凄凉。

老李听完,半晌无语,他反复思量,觉着目前只有劝他马上去投案自首,自首后,警察一般就不会追查他这两天到过哪里,自己才不会受到牵连。想到这,老李劝道:"我略微懂些法律,你杀死恶霸村长,是事出有因,很可能不判死刑。而你这一逃狱,情节就严重了,只怕要罪加一等,那就是死罪了。依我看,你最好去自首,这样还能保住命。"

逃犯却说:"这事我明白,出事后,全村人联名上书请求法院轻判我,连村长的父母、老婆都签了名。可是就算从轻判罪,我的余生也只能在牢狱之中度过,而我奶奶,没有我照顾,可怎么活呀?"说着,逃犯抽泣起来,"我一定要为我奶奶弄一笔钱,绝不回去自首。"

老李说:"你一个逃犯,怎么弄钱呀?去偷去抢,抓住了赃款还不是要没收?你奶奶照样没钱。"

逃犯说:"在我出来之前就有了弄钱的主意,现在只是缺一个我信得过的人来帮忙。"逃犯沉默了一会儿,突然问,"大叔,你是不是一个好人?""当然是。"老李说。逃犯突然起身跳下床,将老李身上的绳子松开,然后"扑通"跪在地上冲着老李磕了三个响头:"大叔,求你帮帮我吧。"老李一慌,问:"你要我怎样帮你?"逃犯说:"等躲过这几天,你把我绑起来,送到公安局,就说你把我抓起来了。"

老李越听越糊涂,不知他葫芦里卖的是什么药,还以为他是正话反说,试探自己,赶紧表白说:"你放心,你是一个孝顺孩子,我不会那样干的。"

逃犯却说:"你一定要这样干。我想,像我这种杀人重犯,过了这几天如果仍不能抓住我,警方一定会悬赏的,到时候你就会得到一大笔赏金。我求你把这笔钱交给我奶奶。"

老李这才明白对方要自己帮忙的意图,呆了半晌,他问:"要是警方不悬赏怎么办?"

逃犯天真地说:"那也有见义勇为奖金呀。"

老李看着逃犯满含期待的眼神,心中忽然好像被锤子重重地敲了一下,震荡不已:一个本来有希望苟活下去的杀人犯,为了亲人的晚年生活,不惜用自己的生命作赌注,他的想法虽然幼稚,是一厢情愿,可是一边是生,一边是死,做出他这样的选择需要多大的勇气和决心呀……老李重重地叹了口气,一瞬间,在这个衣衫不整的年轻逃犯面前,老李感到自己是那样的狼狈不堪,简直无颜面对这样一个逃犯。

不过,在权衡了一阵利弊后,为了不引火烧身,老李还是决定继续劝对方去自首:"小伙子,其实你完全想错了,你设想一下,如果这次你被判了死刑,你奶奶还能活下去吗?你是她的全部指望呀。我敢断言,没有了你,即使有再多的钱,她的晚年也是生不如死,更谈不上什么幸福。只有你,她的孙子,依然能在世上活下去,才是她现在最大的要求,最大的心愿。"

逃犯听呆了,他一心想着为奶奶弄笔钱,可从来没有从这个角度想过这事,听了老李的这番话后,顿如醍醐灌顶,哑了一阵,跳起来惶然道:"不好,我奶奶知道我逃出来,现在肯定为我担心死了。"他猛地跪下去,冲家乡的方向磕了个头,"奶奶,我这就自首去,您别为我担心了。"随后,他站起来冲老李鞠了一躬,感激地说:"谢谢你,大叔。我这就自首去,让警方尽快把我投案的消息告诉我奶奶。我不会再让我最亲的人为我担心了。"说完,转身往外就走。

此时,外面电闪雷鸣,雨越下越大。逃犯拉开门,一头扎进了风雨中。

老李立在门边,逃犯终于走了,他应该感到轻松,可是,他的心却异常沉重,看着飘摇的风雨,他的耳边反复响着逃犯最后的那句话,一时竟痴了,恍惚间,父母、妻子、还有儿女的一张张面孔在雨中浮现。不知是泪水还是雨水,他的眼前模糊一片,嘴里喃喃说道:"我的亲人,你们在为我担心吗?"

十几天后,老李将房子退还给村里,要返城了。在返城之前,他到看守所看望了那个年轻的犯人。

犯人精神很亢奋,他握着老李的手,喜滋滋地说:"我见到我奶奶了,政府特意把我奶奶接来看我。奶奶说我做得对,还说她一定好好活着,等我回去。"

老李也由衷地替犯人感到高兴,他告诉犯人说:"我也要马上回去自首,承担我应该承担的责任。"

年轻的犯人大吃一惊,瞪大眼睛迷惑不解地看着老李。

老李苦涩地一笑,说:"因为,我也是一个逃犯,一个贪污犯!"他的眼里闪着泪花,"这些年我躲在这里,天天提心吊胆,而我的老父老母,妻子孩子,也一定日日在为我牵肠挂肚、不得安宁,我要像你一样,不能让家人再为我担心了!"

(黄　胜)

(题图:黄全昌)

铁女人

我和艾米丽娅结婚后就去德国度假,住在纽伦堡古城中。在这儿我们遇到一位美国人。同我们一样,他也是来度假的,名叫阿力士。很快我们就成了好朋友,大部分时间都形影不离。我们天天都沿着古城墙观光,欣赏各式各样的建筑物。

纽伦堡最古老的建筑是城堡。这些古堡雄居于市中心的小山上。从城堡上,参观者能饱览山下城区的全貌。城堡的城墙根,四周是护城河。然而,现在河中早已没有了水,被人们栽了些果树,种了许多菜。

一天,我们三人去参观城堡,我们步行登上陡峭的山路。向上走了一阵子,在高高的城墙下,靠近城墙根处,我们看见一只猫。那是只大黑猫,它正在逗小猫玩耍。小猫在捉大母猫的尾巴,它们母子玩得很开心。看到这情景,我们也都感到很开心。

"它们真幸福啊!"阿力士说,"让我来逗逗它们。"阿力士说完弯腰捡起一块石头。"瞧,"阿力士说,"我把这块石头丢下去。石头落到小猫跟前,它准不知道这石头从哪飞来的。它们母子肯定会大感不解。"

"当心,"艾米丽娅说,看上去她有些不快,又有点害怕,"留点神,石头可别砸着小猫了。"

"我不会砸着小猫的,"阿力士回答道,"我只想逗它们玩玩,并不想伤害它们。"

阿力士说着,将上身探出城墙,手一松便丢下了那块石头。我们都朝下看,石头正巧砸中了小猫。眨眼工夫,小猫就死了。

母猫仰头朝上看,绿荧荧的双眼直直地盯着我们。然后它看着死了的小猫,舔着它的身体,又朝上看阿力士。它张开了嘴,露出两排尖利的牙齿,利齿上沾满了小猫的鲜血,红红的。

突然,母猫拼命往城墙上爬来,显然它想冲上来。但它只爬上一小段距离,就掉了下去,正好跌落到小猫尸体上。小猫的鲜血染红了它的皮毛,母猫那暴怒的样子真让人害怕。

艾米丽娅心情烦乱,我把她拉到旁边的石凳上坐下,又走回城墙边。阿力士还站在那儿,正往下看着。那母猫仍拼命往上爬,每次它爬上一段后,都又一次重重掉在地上。每次它都显得更加恐怖怕人。

"这只可怜的母猫疯了,"阿力士说,"我失手了,真后悔,我只是想逗它们玩玩……"

过了一会儿,艾米丽娅觉得好点了,她走到我们跟前。我们再一次往下看,那母猫抬头看着我们。当它看到阿力士时,再一次试图爬上墙来。"哦,可怜的母猫,"艾米丽娅叫道,"阿力士,它想抓住你,杀死你。"

阿力士不由笑了起来。一只猫怎么能杀死他呢?

我们离开这段城墙,朝上向城堡方向走去。我们时不时停下来,朝城墙下看看。每次我们向下看时,都发现那母猫也正在看着我们。它正在顺着城墙根跟着我们!

在城堡里有一座相当著名的建筑物,名叫刑讯塔楼。这座刑讯塔楼是纽伦堡中最有名的建筑之一。

我们走进塔楼,那当儿,我们几位是仅有的参观者。一男子正靠门坐着,他是向导,其职责是领参观者看塔楼里面的东西。

塔楼里面很暗,仅从门口透入一点点光亮。我们爬上灰蒙蒙的木制楼梯,来到一间大房子。

这间房子的墙上有几个小窗户,就着从窗口透进的光亮,我们能很清楚地看到房间中的东西。四周墙上挂了些刀剑,这些刀剑都很大,得用双手才拿得起。地板上放了一些染满血污的木块。几百年前,刽子手在这些木块上曾砍下了无数人头。到处都摆着可怕的刑具,这些刑具很久很久以前曾折磨死过无数的人。有的椅座上布满长长的铁钉,人一坐上去那滋味可想而知;有种套在人颈部的铁领子;有种状似篮子,而事实上是铁制的东西,据说是用来套在人头上,再将它慢慢压扁。这里面的每件东西都令人恐怖,看了让人胆战心惊。艾米丽娅脸色煞白,紧紧地拉着我的手。

在房间的中央放着一件让人不寒而栗的刑具。这东西名叫"铁女人",它是由铁铸造而成,状如一个站立的女人,上面落满灰尘,脏兮兮的。在铁铸女人身子的前侧有一铁环,环上系有索,绳子穿过房间中的一个木制滑轮,另一端可用手拉。

向导让我们看了"铁女人",他拉起绳索,"铁女人"前侧身子被拉起。

拉起的部分像一扇重重的门，这部分靠铰链同身体相连。当向导松开绳了后，门很快落下，紧紧关住。

我们小心翼翼地看了这扇门的内侧，真吓死人了! 门内侧布满长长的铁钉，这些钉子末端尖尖的，把门关上，铁钉便刺入里面人的眼睛、心脏和腹部。

艾米丽娅看到这些铁钉后，害怕极了，脸都吓白了。我扶她下楼，出了塔楼，来到太阳下。我俩坐在一起，很快她觉得好了些，然后，我们又上了塔楼，发现阿力士仍在瞧着"铁女人"。

"我想进里面去，"阿力士说，"看看站在里面有什么样的感觉。但首先你得将我的两手绑起来，再把两脚捆上。"阿力士说着，兴奋异常。

阿力士朝向导说："拿些绳子给我。"

向导没言语，一动也没动，只是摇了摇头。阿力士从口袋里掏了些钱给向导。向导接过钱，然后找了段绳子。

接着阿力士说："等一下，先别捆我的脚。我这么重，你抱不动。等我走进'铁女人'后，你再把我的双脚捆在一起。"

阿力士边说边走进"铁女人"，里面刚好能容下一个人，多一点空隙也没有。艾米丽娅看上去很害怕，但她什么也没说。

向导用绳子捆上了阿力士的双脚。现在阿力士一点也动不了了，他的双手，双脚都给捆绑在一块了。阿力士似乎很快活，不时地向艾米丽娅微笑。

"好极了，"阿力士笑道，"现在把门慢慢放下来。"

"哦、别、别、别这样! "艾米丽娅叫道，"我不能看你这么干，我不能。"阿力士看着艾米丽娅，然后对我说："把艾米丽娅带到外面去，她害怕，到外面转一转。"艾米丽娅没动，只是紧紧地抓住我的手臂，吓得直发抖。

慢慢地，向导从滑轮上放下绳索。门在一点一点向下合拢。铁钉愈来愈逼近阿力士的脸和身体。随着铁钉越来越近，他似乎愈来愈快活。

几分钟后，门内侧的铁钉几乎已经要碰到阿力士了，向导再不敢向下放绳子。我发现艾米丽娅嘴唇苍白，她没看阿力士，却盯着"铁女人"底座旁的地板。我往那一瞧，发现一只黑猫正蹲伏在那儿，眼睛亮亮的，毛上尽是鲜血。我禁不住叫起来："看！黑猫。"黑猫看上去很凶猛。

阿力士看到猫，笑了起来："这猫跟我们到这来了，"他笑道，"要是它敢靠近我，你就用脚踢开它，我动不了。"

就在那一瞬间，黑猫大叫一声，纵身跃起，它没扑向阿力士，而是猛扑向导，用长而锋利的爪子狠抓向导的面部。向导猝不及防，急忙用手去挡，脱了手的绳索快速通过木滑轮。阿力士眼睁睁看着绳索快速从他眼前滑过，他的恐惧大概只有一秒钟，眼睛直盯前方。他嘴唇动了动，但没发出声。铁门落下，重重关死。

我忙拉开门。门打开时，铁钉早已刺穿了阿力士的身体，他脸上的表情可怕极了。我匆忙奔向艾米丽娅，把她拉到塔楼外，我不想让她看到阿力士的尸首，那太可怕了。然后我冲回房间内，黑猫正蹲在那儿咪咪叫着，舔食阿力士的鲜血。

我冲到一面墙边，双手取下一把刀，憋足了全身的力气，将大刀高高举过头劈下。我砍死了这只猫。

（编译：李　平）
（题图：胡国强）

神秘山庄

神秘邀请

杰米是欧洲某滨海城市的一名晚报记者,资历虽然不深,但采写的新闻经常引起轰动效应,很受报社老总的器重。有一天,他突然收到一封奇怪的来信,信上是这么写的:

杰米先生:

您好!鄙人是"神秘山庄"的主人。兹定于八月十三日傍晚,邀请阁下前来寒舍共聚晚宴并小住几日。与此同时,鄙人又邀请另外五位性格不同、情趣不同、职业不同的客人与您一同前往。虽然你们互不相识,但我敢保证,当你们生活在一起的时候,会发生许多极其有趣的事。如果你能将这些趣事详细记录下来并发表于世的话,一定会引起轰动。

"神秘山庄"坐落在一海岛上。请你们于八月十三日中午十二时前到达3号码头。接待你们的游艇上,悬挂着三面黑色小旗,船夫会带你们去海岛的。

最后,我恳请阁下接受我这次邀请。这将是一次绝对令您终生难忘的旅行。同时,为了保持这次活动的神秘性,请您暂时保守这个秘密,在海岛归来前切勿向任何人提起此事。

"神秘山庄"欢迎您的光临!

神秘人

八月十日

杰米马上被信上的内容吸引住了。作为一名记者,任何新鲜、神秘的事情都会牵动他的神经,这千载难逢的趣事怎能错过?

十三日中午,杰米向报社请了假并准时来到3号码头。那艘悬挂着三面黑色小旗的游艇,已十分显眼地停靠在码头边。

杰米踏上游艇,艇内已有三男一女在等候了。等他放下行李,最后一名乘客也急匆匆地登上了游艇。至此,信上所提到的其他五位客人都到齐了。船夫随即启动了游艇。

杰米首先打量了一下其他五位客人,坐在他身边的是一位戴着眼镜的年轻人,看上去斯斯文文的。在旁边是一位穿着粉红套装的性感女郎。坐在对面的两位一胖一瘦,四十岁左右。最后上艇的那位穿着灰色的夹克衫,裤脚管一只高一只低,就坐在瘦子旁边。杰米率先打破了沉默:"你们好,我叫杰米,是晚报记者。我想,大家应该都是去海岛赴宴的吧?我们先互相认识一下吧。"说完,望着坐在身旁戴眼镜的年轻人。

那年轻人推了推眼镜,慢条斯里地说:"哦,你好!我叫卢比,大学刚毕业，学的是计算机专业。前天我收到主人的信，说要招聘网络营销员，我想去试试！"

"哇，那太好了，"那个性感女郎张扬地说，"我也是前天收到的邀请，说是高薪聘请家庭教师，让我去试试。我早就不想在那所倒霉的学校任教了，那校长是个十足的色狼，动不动就……"那女郎感觉离题太远，连忙刹车，抱歉地说，"对不起，对不起，我不该说这些。"又说，"我叫艾丽，是中学教师。"

"什么，你们都是去应聘的？"那胖子粗声粗气地说，"他给我的邀请信上说，在神秘山庄举行一个酒店老板座谈会，说有很多老板都会参加，所以我也就来了。怎么，你们不是去参加那个会议的吗？"

杰米问："那您是？"胖子回答："我叫亨利，是美登大酒店的老板。"那胖子一脸不高兴，说完看了看戴在右手腕上的劳力士手表。

"那您呢？"坐在一旁的瘦子突然站起身来问最后上船的那位客人。

"我是个花匠，叫古尔逊。前天接到邀请函，说岛上的花草不知得了什么病，特地叫我去给花草治病。"

那瘦子听了，沉思着说："如此说来，你们去那山庄的目的都不一样？"杰米问："那您是？"

瘦子说："噢，我叫泰勒，职业是私人侦探。""那您去的目的？""信函上说，他家有几个兄弟姐妹失散了，委托我去寻找。"

杰米问："那邀请我们的主人是谁啊？"泰勒摇了摇头说："不知道。我们还是问问船夫吧。"

杰米问船夫："先生，你们家的主人是谁啊？"

船夫说："这个我也不清楚啊。"

船夫的话显然让大家大吃一惊，性感女郎跳起来说："不会吧？别开玩笑了,你怎么会不知道呢?"

船夫说:"是这样的,上个星期,有人打电话给我,叫我今天把你们送到一座海岛上。完成任务后,他给我五百欧元。那人告诉我海岛的地址,我就按他说的在码头等你们,人齐了就把你们送过去,过几天再把你们接回去就行了。至于这打电话的人,我可真的从来没见过。"

游艇内的气氛一下子凝重起来。这到底是怎么一回事?

恐惧降临

游艇在海上颠簸了约三个小时,"神秘山庄"终于到了。

这是一座不足五千平米的孤岛,岛上长满了奇花异草,有一种世外桃源的感觉。山坳内,是一栋独立的二层楼的别墅,外墙上斑斑驳驳,似乎已有较长的历史。离别墅不远的地方还建有一座小木屋,孤独地战栗在海风中。码头上既无主人迎接,也无仆人侍候,只有一块牌子,上面写着:欢迎诸位光临,请到客厅稍候。

七人就一起走进别墅。屋内灯火通明,一楼是大厅,大约一百五十平米,显得格外宽敞。大厅内的装修豪华舒适,尽显欧式风情。一套组合沙发,一张能坐下十人的西餐桌,石砌的壁炉内木柴在熊熊燃烧,一切都是那么的尊贵典雅。

"哇,真是漂亮啊!"艾丽情不自禁地感叹起来。胖子亨利却一屁股坐在沙发上,嘴里叽哩咕噜地说:"什么鬼地方,既然请我们来,却连个影子都不见。"

正在这时,落地音响内突然发出了一种神秘的声音:"你们好啊,尊贵的客人们,欢迎来到'神秘山庄'!"听得出,这声音经过技术处理,不仅改变了语音、语调，还使人分辨不出说话者的性别。"很抱歉我现在还无法与各位见面，请你们先去认识一下各自的卧室。卧室在二楼，具体安排我已经写在表格上了。表格就放在茶几上。待你们稍事休息后，六点整，请你们到大厅共聚晚餐。哈哈哈……"最后的笑声使人毛骨悚然。

七人既已来到这里，只得客随主便。根据安排分别去了二楼各自的卧室。杰米、亨利、女教师艾丽被分在东侧的三间卧室，卢比、古尔逊、泰勒和船夫被分在西侧的四间卧室。

杰米走进自己的房间。卧室不大，只有二十来平米，所有摆设也只有一张单人床和一个衣橱。打开窗门，可以看见一望无际的大海。

离六点钟还有段时间，杰米就去别墅外看看。他环绕海岛一圈后，走到山庄旁的小木屋内。打开门，只见一整套发电与净水设备，原来是利用潮汐能的发电机。墙上挂着一套潜水服，一只氧气瓶，还有一条箭鱼的标本。刚想出门，却迎面碰见了泰勒。

杰米和泰勒回到大厅内，人们正在议论壁炉前的一幅画像。

这画像是一位年纪较大的长者，坐在椅子上，神采奕奕地看着远方。

杰米仔细看了看，对泰勒说："这画像怎么挺像您？"

"别开玩笑，我看倒挺像你。"

艾丽指着卢比的眼睛说："哇，你们看看，这双眼睛多像卢比，莫非你是他儿子？"

卢比不高兴地说："别胡扯，我倒觉得你挺像他女儿！"卢比这么一说，沉闷的气氛一下子又活跃起来。

"别说了！"胖子亨利大声喝道，他指了指戴在右手腕上的劳力士手表又说，"快六点了，这该死的主人也该出场了，我的肚子快饿扁了！"

被他这么一说，其余人也确实觉得肚子饿了。正在这时，不知从什么地方飘来一阵香味。

女孩子的鼻子特别灵,艾丽夸张地说:"哇,好香啊!什么东西这么香?你们闻到了吗?"花匠古尔逊接茬说:"是啊,好像是咖啡的香味。嗯,是从厨房传来的。"

艾丽自告奋勇对众人说:"你们去餐桌旁等我,我去看看。"说完就向厨房间走去。

不一会儿,艾丽就端着一个盘子,笑呵呵地走了出来。她将盘子往餐桌上一放,又拿出一只咖啡壶说:"果真是咖啡。有人在煮咖啡的器具上设了自动定时装置。刚煮好的咖啡,香极了。旁边还有糕点,我想这是主人特意为我们准备的吧。"说着,她把咖啡分别倒在七只杯子里,又把蛋糕分别装在碟子里。亨利第一个拿起杯子就喝,其余人也各自取了一份享用起来。

杰米喝完咖啡、吃完点心,说:"六点到了,主人还不出来,真是太不礼貌了。"

胖子的火气更大,粗声骂道:"这个神经病,不知在开什么玩笑!"

古尔逊说:"我说亨利先生,你跟那人到底是怎么回事啊,怎么一路上总听你骂他,好像你和他有天大的不解之仇似的……亨利先生,你怎么了,亨利先生……"古尔逊的喊叫声引起了其他人的注意。

只见亨利双手紧紧地扼住自己的脖子,嘴角流着血,脸上表情十分痛苦,身体扭曲着不断地想挣扎。

大厅里一片混乱。"亨利先生,亨利先生,你怎么了……"可无论别人怎么喊叫,亨利还是毫无反应,在地上痛苦地抽搐了几下后,就再也不动了。泰勒伸手探了下他的鼻息,摇头说:"他死了。"

"啊……"艾丽的一声尖叫,惊醒了在场的所有人。"食物有毒,快吐出来。"泰勒下了命令。

"哇……"众人丢下杯子，张口就吐。艾丽一下子瘫在地上："我也快死了，可我还没有结婚呢……"

谁是凶手

几分钟后，大伙发现自己都平安无事。这到底怎么回事？杰米不敢相信眼前所发生的事实。

泰勒在检查了亨利的尸体后，说道："这是氰化物中毒，我想毒就藏在先前我们所吃的食物里。"

"那为什么我们没有中毒？"躺在地上的艾丽，清醒过来，渐渐意识到自己还活着。

"你们好啊，我尊贵的客人们。"正在这时，落地音响里那奇怪的声音又出现了，不过现在听起来更加恐怖。"诸位品尝过我为你们准备的点心了吗？味道如何啊？哈哈！亨利先生还火气十足吗？哈哈……"

恐怖的笑声刺激着在场的每个人的神经。古尔逊跳起来说："你到底是谁，出来，快出来。"

那声音继续着："躺在地上的只是你们当中的第一个牺牲品。接下来的日子里，我要将你们一个接一个地杀死。你们逃不了的！游艇上剩下的汽油最多只能坚持十分钟，岛上你们再也找不到一滴汽油。这里也没有手机信号，你们无法求救。你们被困在岛上了，永远也出不去。你们就是我的猎物，哈哈……"笑声充斥着整个房间。

艾丽害怕极了，沙哑的嗓子里蹦出大家的疑惑："你究竟是谁？"

杰米走到走廊边，从音箱内搜出一台收录机，里面磁带还在滚动着。

这是有人预先放在这里的,是一个定时装置,设计好在这个时间播放的。

"可是,凶手怎么知道亨利会中毒呢?"杰米从收音机里拿出磁带,不知如何解释这一点。

"凶手是你!"古尔逊指着艾丽怒吼道,"是你去冲的咖啡,拿的糕点,肯定是你在食物中下了毒。"

"不是我,不是我。"艾丽连忙矢口否认。

"肯定是你。"古尔逊举起手来想去揍她。

泰勒拦住说:"不要那么冲动,不要冤枉咱们漂亮的小姐。当时点心是自己拿的,艾丽怎么会知道亨利会吃到那份有毒的点心呢?"

杰米问:"那到底是谁作的孽?"

"是魔鬼,一定是魔鬼。"古尔逊突然像发疯了一般大叫着,"这一定是魔鬼干的。说这里是'神秘山庄',其实是魔鬼山庄。只有魔鬼才会事先知道是谁先死,这都是他安排的。我们谁都逃不掉了,他会把我们一个一个杀死的。"

"你冷静点,世界上是没有魔鬼的。"杰米试图让他恢复理智。

古尔逊却极度冲动,根本不理会别人的劝阻,推开大门,径直向码头冲去:"我要走了,这里有魔鬼,我们会死光的。"

众人追到码头,古尔逊已经上了船。船夫喊道:"回来吧,船上没汽油了。你开不了多少远的,一个人在大海上是很危险的。快回来吧!我们在一起就不用怕他了。"

古尔逊摇摇头,苦笑道:"没用的,他一定事先安排好了,呆在这里只有死路一条。我要走了!"说完就发动了游艇,离开了小岛。

岸上的人望着远去的游艇,内心极其失落。刚发生的凶杀案,神秘的凶手让他们感到十分害怕。而现在,又一个人离开了。茫茫大海上他能不能安全抵达大陆，实在难说……

夕阳的余晖落在每个人的脸上。虽然那别墅十分危险，但也只能回去过夜了。他们转过身，默默地向山庄走去。

"嘭——"一声猛烈的爆炸声从海面上传来。杰米回头一看，只见一团火球燃烧在海面上。游艇爆炸了！

恐惧再一次笼罩在每一个人的头上。在没有任何征兆的情况下，两条生命，就这样突然消失了。这实在太可怕了！

谜影重重

回到别墅，亨利的尸体还躺在餐桌旁的地板上，杰米拿了一条床单盖在他身上。大厅内一片沉寂，静得可以听见每个人的呼吸。他想了想说："我们不能再这样坐以待毙。我们在明处，凶手在暗处。我们应该把他找出来。"

"杰米说得对，"泰勒也站起身说道，"我们应该一起行动，让凶手无机可乘。"

艾丽望了望胆小的卢比，点点头说："好，把这海岛来个彻底搜查。"

他们先绕着海岛走了一圈，这岛实在是太小了，没人能在山庄外而又不被别人发现。接下去是小木屋，那里也很小，只有几台机器。检查的重点最后只剩下这幢别墅了。他们又返回屋内，开始在各个房间里仔细搜寻，但一切又都是徒劳。

杰米回到自己的房间，已是深夜十一点了，他原本以为是一次惬意的旅行，却不料成了一次杀人聚会。现在最大的愿望就是能平安地离开这里。他在确认房门已反锁住后，躺在床上，一闭上眼，睡意就不期而至。

杰米醒来的时候，已经是第二天早上了。他急匆匆赶到了大厅，刚好是八点整。

卢比、艾丽和船夫已等在那里了，唯独不见泰勒。

艾丽着急地问："泰勒怎么还没来啊？"船夫伸伸懒腰说："我想他肯定是太累了。"

杰米想了想也对，就说："那就不要去打扰他了，让他多休息一会吧。"

可是到了九点整，泰勒仍然没有下楼。

三人一起走上楼，杰米敲了敲门。里面一片寂静，没有传出任何声音。

杰米又敲了敲门，喊道："泰勒先生，你起床了吗？我们大伙都在等你。"

可里面仍然没有传出任何声音，一种不祥的预感涌上杰米心头，他回头对船夫说："快去厨房找一把刀来，我们把门劈开。"船夫很快去了，拿来一把劈柴刀。

只听"喀嚓"一声，房门被砸开了，四人一齐冲了进去。

"啊……"艾丽一声尖叫后，人立即瘫倒在地上。

床上躺着的是泰勒，胸口上插着一把尖刀，血水从床上流淌到地面上，尸体冰凉，显然已死去多时了。泰勒胸口上放着一张纸条，上面写着：尊敬的泰勒先生，因为您是一名出色的私人侦探，为了保持这次活动的神秘性，你必须先死。落款是"神秘人"。

杰米立即检查了门窗，见门窗都反锁着，没有撬锁的痕迹。他们又敲遍了每一堵墙，又仔细检查了衣橱内壁和地板。但是，结果是令人失望的，没有发现任何可疑之点。那么凶手是从什么地方进来杀人，又从什么地方脱身的呢？

死亡面孔

四人回到大厅内，疲劳和恐惧使他们说不出任何话。

在沉寂了很长一段时间后，一直沉默寡言的卢比说："凶手就在我们中间。"

"这不可能！"艾丽跳起来说，"我们这些人都是一起来的。"

卢比继续说："我可以确定这岛上现在只有我们四个人。因为所有地方都搜查过了，没有发现任何蛛丝马迹，所以说，凶手一开始就在我们中间。"

船夫问："这么说，凶手不是艾丽，就是杰米或者是我了？"

"有这个可能，"卢比肯定地说，"当然，也包括我。"

"不，不会是我，一个女人怎么会做出那种事。"艾丽辩解着。

卢比说："那也难说，我记得当初就是你给亨利准备点心的。"

"不错，点心是事先分好的，但没有强迫你们取哪一块，是你们随意选取的，我不可能是凶手。"艾丽显得异常激动。

"谁知道呢，说不定你用了什么特殊的办法，说不定是从小说里学来的。"

"你不要乱说，哼，我看你才是凶手。"

"你胡说！"

"你才胡说！"

"你们不要吵了，"杰米大喊一声，"我们谁都有可能是凶手。你，你，你，还有我。但没有证据，又不知道凶手作案的手法。所以，现在你们就不要吵了，这样胡乱猜测是没有用的。"大厅又回到一片静寂中。每个人的思绪都很混乱，他们都在猜想谁是凶手。

时间就这样一分一秒地过去，很快就又到了夜晚。这期间，他们每个人都分别回到各自的房间取了点食物。一个人先上楼，其余三人等在大厅内，直到那人回来，再一人上楼。只有这样，才能保证每个人都能各取所需，又不会有被害的危险。

　　大厅里的钟又"当、当……"敲了九下。

　　艾丽缓缓站起身，轻声对卢比说："我想去洗手间，你能陪陪我吗？"卢比点点头，就陪艾丽去洗手间了。

　　突然，大厅里一片黑暗。应该说是整幢房子都笼罩在黑幕之下。

　　船夫问："怎么回事？"

　　杰米说："好像是断电了。"

　　"我们去看看电源开关。"杰米和船夫一起向厨房间跑去。在那里的总开关处，他们发现电源的阀门被人关上了，上面有一个用无线电控制的定时装置。杰米推上闸刀，山庄又回到一片光明之中。

　　正在这时，"啊……"一声凄厉的叫声从洗手间传来。"不好！"杰米和船夫一起跑了过去，只见艾丽倒在洗手间里，右手紧捂胸口，两眼瞪得滚圆，面目扭曲，样子十分吓人。

　　"她死了。"在一旁的卢比说。

　　船夫一把抓住卢比说："你这个刽子手，现在你还有什么话说？"

　　卢比挣扎着说："你、你……"

　　杰米拉开船夫的手说："艾丽不可能是卢比杀的。如果他是凶手，他会陪艾丽去洗手间吗？"

　　"现在只剩三个人了，那到底谁是凶手呢？"

　　杰米闭上双眼，陷入深思中……

真相大白

杰米重新梳理了一下事件的整个经过。

先是亨利在吃了点心后中毒身亡，接着，古尔逊坐船逃离海岛时被安放在游艇上的炸弹炸死，然后，在一个密室内，泰勒被人用刀刺中心脏，最后是凶手通过遥控器，使别墅电力中断，艾丽被人害死在厕所内。

"我一定要把凶手找出来。"杰米对自己下了命令。他看了一眼客厅里的大钟，现在是晚上十点整了。"我要出去一趟。"他对卢比和船夫说。

船夫问："你，一个人？"

"嗯，我去各个案发现场看看，说不定还有什么线索。"

杰米先来到客厅餐桌旁。对于这个案件，疑惑之处就在于，为什么在众人随意选取的点心中，凶手会预先安排使亨利中毒。

杰米翻看着亨利的尸体，又模仿了被害人遇害时的情景，案件"回放"了一次。突然，他目光聚集在尸体身上。"原来如此，"杰米叹了一口气道，"哎，这么重要的线索当时都没有发现。"他站起身，又用白布盖住尸体，向屋外走去。

外面风大得很，海面上更是波涛汹涌。杰米走到码头，看着潮水拍打着礁石，思绪万千。古尔逊的死，实在是可惜。也许他实在是太害怕了，失去了理智。也许他一直都相信这世界上是有鬼存在的。如果他还活着，也许还能出点主意帮助找出真凶。也许凶手在游艇上安放的炸弹是想把我们都炸死。也许……也许……想着想着，他眼睛突然一亮，"也许，如果……是那样的话，"杰米转身跑进小木屋，"也许就是那样。只有那样，才会……"杰米一直在自言自语，"还是去卧室看看吧。"

泰勒的卧室内，一切都如案发时那样。杰米又开始新一轮的搜查，他在这只有二十来平米的小房间内足足呆了二十分钟。

"我肯定漏了什么地方没有检查,否则凶手怎么可能在这样一个密室里消失呢?哪里出问题了呢?"杰米双眼不断扫视着房间。渐渐地,他的目光定格在……

一分钟后,杰米回到厨房,卢比和船夫正在焦急地等候他:"你总算回来了,我们还以为你出了什么意外了呢。"

"你找到什么线索了吗?"

杰米自信地说:"现在,我可以说,我知道凶手是谁以及他所采用的种种手法了。"

"真的吗?"卢比和船夫激动地叫了起来。"真的,请你们随我上二楼,我将当面揭开这一切。"杰米的话有股无法抗拒的力量,卢比和船夫两人不由自主地跟在他后面,缓缓地走向二楼。

他们走进了亨利的卧室。

杰米手里拿着一只咖啡杯,胸有成竹地说:"先让我们来解开第一个谜吧。亨利是如何中毒的?其实凶手在每只咖啡杯上都下了毒。"

船夫摇着头说:"什么,这不可能,不然我们早就被毒死了。"

"不,"杰米并不理会船夫,继续说,"毒药是抹在每只咖啡杯的杯沿上。但只抹了一面,也就是这半圈。"杰米在咖啡杯上比画了一下,"通常情况下,我们右手执杯的人拿杯子,嘴巴是不会碰到杯沿的这半圈的。但如果是左撇子呢?他们左手执杯,嘴巴就会碰到涂上毒药的这面了。"

"你是说,亨利是左撇子?"卢比似乎有点接受了他的观点。

"是的。在我去查看他尸体时,发现他是右手戴表的,所以我认为他是惯用左手的。"

"啊,经你这么一说,我想起来了。我记得在游艇上曾看见他用左手写过字。"卢比补充说。

"原来如此。"船夫轻声说道。

"起初我们都认为发生在这里的杀人案,最大的疑惑就是,凶手是如何进入以及逃离这现场的。其实我们一开始就中了凶手的圈套,凶手一直就呆在这个房间里。"

"什么?"两人几乎同时叫了出来,这一推理太出乎他们的意料了。

"我们曾在这里仔细检查过,想试图去发现什么机关暗道,结果什么都没有。实际上,我们一直漏了一个地方。为了保护现场,我们没有去翻动尸体,因此,一个最重要的地方我们始终没有检查过,就是这张床!"杰米用手一指,大声叫道,"出来吧,古尔逊先生。"

两人张大着嘴,紧盯着那张神秘的床。

随着"吱"的一声,床自动移开了。一个人从床底下钻了出来,那人正是已在游艇爆炸中丧生的古尔逊。

"是你?天哪,你不是死了吗?"船夫本能地躲到杰米身后,不敢相信这人就是古尔逊。

"你,你,你究竟是谁?"卢比也很害怕。

那人却不理睬他们俩,只是转向杰米:"厉害,真是厉害。我这么精心策划的计谋,居然被你看穿了,我可真小看你了。"

"这,这到底是怎么一回事?"船夫越来越糊涂了。

"还是让我来解释吧。起初我与你们一样,也认为他被炸死了。但当我走到海边时,突然想起,与其他人死得不同的是,我们并没有亲眼看见他死去,再想想他当时夸张的表情,他不断地大叫有魔鬼,急着离开我们,一定要开走那艘没有汽油的船,不是显得太离谱了吗?其实,这只是他实施杀人计划的一个步骤。事实是这样的,他故意表现出极端害怕的样子，开走了游艇，当船行驶到一定距离时，就穿上预先准备在船上的潜水服，偷偷潜入水中，在水下引爆了装在船上的炸弹，给我们造成一种他已在爆炸中丧生的假象。然后，他游回海岛，从秘密通道爬进泰勒先生的卧室，藏在他床下的机关中，然后，等到深夜，他就从机关中出来，将泰勒先生杀害，又躲回机关中。我在木屋内曾见过潜水服和氧气瓶，在这里又发现床铺有移动过的痕迹，于是就作了以上的推断。幸运的是，这些推理都是正确的。"

"精彩，十分精彩！"古尔逊鼓起掌来，"了不起的年轻人。"

虽然对方是凶手，但出于礼貌，杰米还是对他的称赞报以一笑。

"正因为如此，也就不难理解艾丽死时脸上恐怖的表情了。"杰米继续说下去，"他在电源开关上做了手脚，然后在一旁等待下手的机会。当看见艾丽上厕所时，他就切断电源，从秘密通道现身于她的面前。艾丽原本胆小，看到一个她认为已死的人突然出现在她面前，再加上这几天恐惧的历程，当场心脏病突发而死。"

"完全正确，事实就是这样。"古尔逊点头表示赞同。

船夫和卢比听着杰米这一番话，恨不得一刀把古尔逊劈了，但被杰米阻止了。

"为什么？你为什么要这么做？我们跟你素不相识，为什么要这样害我们？你说，为什么？"卢比和船夫愤怒地问道。

古尔逊说："为了钱，为了很多很多的钱。"

卢比和船夫说："除了亨利，可我们都没有钱呀！"

"事到如今，我还是什么都说了吧。"古尔逊叹了口气，稳定了一下自己的情绪，说出了他们绝对也想不到的话："其实，我们七人是同父异母的兄妹，我是你们的大哥。"

三人大张着嘴，惊讶地相互看着对方。眼前这个凶手，竟会是自己的哥哥，这真是太难以置信了。

"我知道你们无法相信，但这是事实。我们的父亲，也就是你们在客厅里看到的那幅画像里的人，是个很有钱的人。这海岛和这幢别墅都是属于他的。他年轻时，到处风流，欠下了不少风流债。但由于种种原因，他不能将你们的母亲娶回家。我母亲是他的原配夫人，我也就一直在他身边长大。他老了，想偿还以前所欠下的孽债。两年前，他叫我把你们都找来，好当面认亲，同时把财产分给你们。我根据他提供的情况，好不容易才把你们都找到，正当我准备把这一切通知你们时，我突然想到，如果你们都死了，我就可以独享那笔钱了。所以，我就设计了这个计划，用各种理由把你们骗到岛上……"

杰米听了古尔逊的话，止不住后怕。自己的哥哥，竟然是一个如此冷酷的凶手。谁都没有想到，所有命案的背后，竟然是这样一件涉及各自身世背景的故事。

"你就为了那些钱，去杀害你的兄弟姐妹吗？你就不怕上帝谴责你吗？"船夫控制不住自己，大声地喝问凶手。

"难道还不够吗？"古尔逊反问，"我陪那老头子这么多年，没有功劳也有苦劳。而你们呢，你们连自己的亲生父亲是谁都不知道，却要和我平分这财产，你们说说这公平吗，公平吗？"他再也控制不住自己的情绪，大声咆哮起来……

杰米冷冷地说："亲爱的大哥，现在你还能独吞这笔财产吗？"

古尔逊哈哈大笑说："我虽然落在你们手里，但我得不到的，你们也休想得到。这里与世隔绝，如果没有我，你们谁也别想出去，只能做这里的孤魂野鬼！"

"这……"卢比和船夫又紧张起来。

杰米从口袋里掏出一部卫星电话,胸有成竹地说:"别得意得太早!在我确定你就是凶手后,我就想你一定有什么通讯工具,于是,我就在你房间里搜寻,找到这部卫星电话,同时,也报了警。现在警察已经快来了!古尔逊,不……大哥,你还是自首吧。"

这时,门外隐隐传来直升机的轰鸣声,古尔逊听了,人顷刻间瘫倒在地……

直升机载着他们四人,离开了海岛。杰米坐在机舱内,望着渐渐远去的海岛,心里不断在拷问自己:人世间,到底什么最重要?是金钱?还是亲情?

(方 琪)
(题图:杨宏富)

噩梦·异事
emeng yishi

不做亏心事,不怕鬼敲门。夜半时分,是什么让你感到恐惧?

不可能的复仇

恐吓电话

乔治今年四十岁,在一家大型修车厂工作。这天,他正躺在车下干活儿,手机突然响了,接起来一听,话筒里传出一个阴森森的声音:"乔治,赶紧离开这个地方,不然你就没命了。"乔治吃了一惊,忙问:"你是谁?"那人不等他说完,就打断他的话,语气显得很暴躁:"现在马上滚,你没时间了。"说完挂断了电话。

乔治愣了半天,觉得莫名其妙,不过那人语气中隐隐透出的杀气,让他有点害怕。他按打来的号码回拨过去,可铃声响了半天也没人接。乔治摇摇头,决定不理这件事,继续工作。

下班的时候已经很晚了，乔治离开的时候，好朋友威尔笑着说："乔治，你的脸色很难看啊，怎么搞的？别忘了你妻子玛丽还在等着你呢。"

乔治勉强地一笑。乔治是个本分人，二十一岁的时候，他出了次意外，脸上留下了一道永久性的伤疤，斜斜穿过大半张脸颊，使他看上去狰狞可怕，因此没有公司愿意要他，幸好有好朋友威尔推荐，他才到修车厂当了修车工。这道伤疤几乎毁了他的一生，直到三年前，他才娶到了玛丽做老婆，去年玛丽又给他生了一个儿子，乔治觉得上帝终于开始眷顾他了。

天色已经黑了，乔治快步走在街上，突然看见驶来一辆车，车子的天窗里钻出一个大汉，脸上狞笑着，手里握着一把手枪，枪口对准了乔治。乔治吓呆了，正在这时，一辆巡逻警车从路口驶了过来，大汉一愣，趁这机会，乔治撒腿就往警车跑去。那个大汉迅速钻进车里，车子飞速地开走了。

乔治惊魂未定，心想要不是运气好遇到了警车，他现在可能已经死了。谁会想杀他呢？乔治想起那个莫名其妙的电话，于是哆哆嗦嗦拿出了手机，再次拨打那个电话，可依然无人接听。

乔治觉得不能在那里久留，于是叫了一辆出租车回到了家里。玛丽见他狼狈的样子，吓了一跳，急忙问他怎么了，乔治说是不小心摔了一跤。吃过饭，乔治刚在沙发上坐下，他的手机又响了起来，竟然还是那个威胁他的人打来的，那人骂道："你这个王八蛋，我不是叫你离开这个地方吗？你能躲过一次，下次还能这么幸运吗？"乔治低声问对方到底是谁，怎么会知道有人要杀死自己。电话那头沉默了一会儿，那人叹了口气："看来，如果我不把真相跟你说清楚，你是不会离开的。好吧，你马上来找我吧。"那人说了一个地址，就挂断了电话。

乔治起身穿上衣服,对玛丽说修车厂有急活儿,便匆匆出了门。那人所说的地址是一个工厂,厂房已经被废弃了,里面漆黑一片,乔治战战兢兢地往里走,心里越来越害怕,突然,他一阵恶心,弯下腰呕吐起来。

暗藏杀机

正在这时,工厂突然灯光大亮,在乔治前方的一扇门前,站着一个彪形大汉。他冲乔治招了招手,乔治直起腰走过去,大汉狞笑着,一把将他推入屋内。屋里面有两个男人,一个三十多岁,一身名牌西装,却是满脸凶相,大模大样地坐在一张破桌子上;另一个人戴着眼镜,穿着一身医院的白衣服,像个医生。乔治正奇怪,只觉得双腿一痛,原来被身后的大汉踹了一脚,他不由自主地跪了下去。

身后的大汉转到乔治身旁,将一支黑洞洞的枪口顶在他的太阳穴上。那个满脸凶相的人站起身,骂道:"你这个王八蛋,已经警告了你让你走,你当老子是放屁吗?"乔治立即听出来,这个人就是约自己见面的人。那人走过来,用手铐将乔治铐在柱子上。乔治被枪顶着,不敢反抗,只是不断地恳求,问对方为什么要这么对自己。那人哈哈大笑:"我叫弗朗西斯,你听过这个名字吗?"乔治大吃一惊,弗朗西斯是本地黑帮的第二号人物,据说是个狠角色。

乔治假装镇静,努力使自己的声音不发抖:"弗朗西斯先生?我没有得罪过你啊,为什么你把我骗到这里来,你要杀我吗?"

"我已经给你机会让你离开,可你不听我的,是你逼我杀你的。"弗朗西斯狂笑着说,"医生,请你动手吧,务必全刺在他的肝脏上。"

乔治大叫:"你们这是为什么?为什么?"弗朗西斯冷笑着说:"对

于快要死了的人，我非常愿意满足他们的要求，免得留下什么遗憾。乔治，你知道约翰逊吧？"

乔治一愣，约翰逊是本地的黑帮头子，名头比弗朗西斯还要响亮。乔治不由自主地点了点头。

弗朗西斯恨恨地告诉乔治，前不久，约翰逊查出得了肝硬化，想活命只有移植一个健康的肝脏。可是，约翰逊是罕有的 RH 阴性血，很难找到合适的，而恰好，约翰逊知道乔治也是这种血，于是决定杀死乔治，用乔治的肝脏来保自己的命。

而弗朗西斯却希望让约翰逊病死，这样他弗朗西斯就可以坐上老大的宝座，于是当他得到乔治的手机号码后，第一时间打电话让他离开，认为只要乔治逃离此地，约翰逊就不能及时得到合适的肝脏，必死无疑。

可是，乔治并没有走，反而被约翰逊的手下盯上了。他们本来想绑架乔治，没想到碰到了警车，约翰逊已命令手下今晚闯入乔治的家里，带走乔治。弗朗西斯当然不能让约翰逊得逞，便抢先骗出乔治。他不但要杀死乔治，而且要破坏掉他的肝脏。

弗朗西斯得意地讲完这一切，命令医生动手。医生拿起匕首，走到乔治的面前，正要挥刀刺下去，突然一声枪响，医生手里的匕首"当"地掉在地上，手腕上出现了一个血窟窿。

新仇旧恨

弗朗西斯吃了一惊，刚想拔枪，几个人已经闯了进来，手里的武器指着他们。来人是约翰逊的手下，原来他们得知弗朗西斯骗来了乔治，便找了过来。他们用枪指着弗朗西斯，让他放开乔治。

弗朗西斯毕竟是黑帮的二号人物，趁对方走神，踢掉了对面一个人的枪，一个翻滚滚到铐着乔治的柱子背后，掏出手枪来，击碎了屋顶上的灯，屋子里顿时变成漆黑一片。一时间黑暗中枪声大作，乔治紧闭双眼，以为自己必死无疑，可突然觉得手上一轻，原来一颗流弹正好打断了他的手铐。乔治慌忙趴下身子，向窗边爬去。

厂房里子弹横飞，可乔治却奇迹般一枪都没中。乔治趁着黑暗，悄悄地钻出窗外，发疯一样逃走，他心里清楚，弗朗西斯这次完蛋了，而约翰逊一定会找到自己，现在唯一能做的就是报警。乔治跌跌撞撞地往附近的警察局走去，就在这时，他的手机响了。他接起来，里面传来一阵狂笑声，然后一个低沉的声音说道："乔治，我是约翰逊。"

乔治愣了，一时间竟不知道说什么好。只听约翰逊继续说："我给你打这个电话，是想告诉你一件你不知道的事情，关于你脸上的伤疤。这二十年来，你一直不知道这是谁干的吧？"乔治不由自主地摸了一下脸上那道长长的疤痕，想起二十年前那件莫名其妙的事情。有一天，二十一岁的乔治从球场打完球回家，中途被几个大汉绑进一辆车里，然后被打昏了，等他醒来时，脸上已经被人用刀划了一道又长又深的伤痕，而且他的身体极其虚弱，就像大病一场。起初乔治不明白，后来他发现胳膊上有一个针眼，这才恍然大悟，有人趁他昏迷时抽走了大量的血。他知道自己的血型是稀有血型，很难找到，家人一直告诫他小心，不要受到外伤，否则有可能因为缺血而丧命。

这一直是乔治心里的谜。而今天他终于得到了谜底，原来绑架他的人就是约翰逊派来的。乔治简直气疯了，他大喊："二十年前，你明明可以让我捐血给你，可你为什么要绑架我，抢走我的血？"

"我从不欠别人的情，所以我不要你的施舍，我要用自己的能力拿过来。"约翰逊冷冷地说,"那年我失血过多,要不是你的血,可能现在我已经在上帝那里了。噢,对不起,当时我应该说声谢谢。"

乔治不顾约翰逊的嘲讽,歇斯底里地叫道:"你抢走了我的血,我不怪你,可你为什么又在我脸上划了一刀?这对你有什么好处?"

约翰逊得意地笑了:"你就是我的血库,所以我希望你一辈子都是一个小人物,毁了你的脸,也就断送了你的前途,让你只能卑微地活着,这样我需要你的时候,随时可以悄无声息地取走你的命,没有人会关注一个小人物的去向。"

"……你这个杂种,我要杀了你。"乔治不能自制地狂叫起来。约翰逊的声音却一下子变得冰冷:"乔治,你以为我告诉你这些是什么意思?我是想提醒你,你的命运早在二十年前就已经定下来了,你是我的。在这个城市里,我杀死一个人就像捏死只蚂蚁一样容易。就在刚才,弗朗西斯已经死了,而我的手下就在你家门前。是你乖乖地给我肝脏,还是我让他们先杀了你的老婆孩子?"

乔治像被迎头浇了盆冷水,好半天,他绝望地哀求道:"不要伤害他们,千万不要伤害我的老婆孩子,我……我把我的肝脏给你。请你放过他们。"约翰逊答应他,说自己只要肝脏,乔治如果能把肝脏给他,约翰逊不但不会伤害玛丽母子,还会给他们一笔钱。乔治绝望地说:"好吧,你不要伤害我的妻子和儿子,最迟下午,你就可以得到我的肝脏。"

意外结局

天亮以后,乔治拖着沉重的身体来到修车厂,跑到厂房的三楼,假装准备部件,趁人不注意,松开了身后栅栏的几颗螺丝。

乔治又假装干了一会儿，直起腰，拍拍手上的灰尘对工友抱怨道："见鬼，今天的活儿可真难干，我得歇一会儿了。"说着，他假装自然地向栅栏上靠去，栅栏突然倒下，乔治惨叫一声，从三楼的平台掉了下去。等乔治被送到医院时，早已经死了。

约翰逊也没有想到，乔治竟然这么配合他，用这种方式捐赠自己的肝脏，他命人去找玛丽，请她在器官捐赠表上签字。

玛丽悲痛欲绝，但她并不知道是约翰逊逼死了乔治。为了养活自己和孩子，在得到了一笔钱后，玛丽签下了自己的名字。

几天之后，乔治的好朋友威尔送来了厂里的赔偿金，并交给玛丽一封信，看着信封上熟悉的字体，玛丽惊呆了——那是乔治写给她的。

威尔沉痛地说："乔治出事的前一天夜里，找到我，嘱咐我过几天把这封信交给你，并让我好好照顾你们。我开始没太注意，以为他在说胡话，没想到第二天，他就出事了。"

玛丽哆哆嗦嗦地打开信，乔治在信里说，是约翰逊逼他自杀的，为了不让妻儿受到伤害，他只好选择死。于是，他设计了这起事故，这样修车厂就会赔偿一笔钱，有了这笔钱，玛丽母子就不会那么艰难了。

乔治在信里还叮嘱玛丽，要带着孩子远远地离开这个地方，尽量不要跟任何人透露孩子的血型，他不希望自己的悲剧在孩子身上重演。

玛丽将信里的内容告诉了威尔，威尔这才明白乔治为什么会对他说那些话。

在威尔的帮助下，玛丽带着孩子离开了这个让她伤心的地方。

玛丽在另一个城市生活得平静安逸，只是想起这一切都是乔治拿命换来的，她就黯然落泪。三个月后的一天，她突然接到了威尔的电话，在电话里威尔兴奋地叫起来："玛丽，告诉你个好消息——约翰逊死了。"

玛丽吃了一惊:约翰逊换了乔治的肝脏,治好了他的肝硬化,怎么还会死呢?

"约翰逊移植了乔治的肝脏,没想到肝硬化的问题解决了,却得了另一种绝症,没过多久就死了,死的时候,瘦得只剩下一把骨头。"说到这里,威尔声音转低,"所有的人都说,是乔治的肝脏惩罚了他,或许,乔治的血液里,有这种病的基因,传染给了约翰逊。你的乔治自己为自己报仇了。"

玛丽欣慰地笑着说:"我的乔治没有病,但是我相信,是上帝帮乔治杀死了约翰逊。"

威尔挂上电话,自言自语道:"玛丽,原谅我没有把真相全告诉你,约翰逊患病后,挖出了乔治的尸体进行化验,发现乔治身上的确有这种病,这种病发病时会令人呕吐。医生说,这种病传染的概率很小,可为什么约翰逊偏偏就被传染了呢?这可能就是上帝的旨意吧。"

(作者:楚横声)
(题图:佐　夫)

生死危情

解剖惊魂

再诡异的事都有可能在医学院发生。

已经是晚上十一点多了,红十字医学院男生宿舍楼早熄了灯,突然对面近百米外实验楼方向传来了一声尖厉的惨叫声。

那叫声太过尖厉了,整栋男生宿舍楼都听到了。平日里,小伙子们也常有喜欢恶作剧的,所以刚开始大家虽然一惊,却以为又是哪个人在装神弄鬼,还有人笑道:"又是谁在'诈尸',这小子学得还真像……"

话没说完,第二声惨叫突然又响了起来,这一次的声音格外长,分明是从实验楼里传过来的——那个实验楼本来是学院专门为进行解剖学研究才盖起来的,一向有点阴森森的味道。

整栋男生宿舍楼里的人不由得都骇然色变:"谁,这是谁的声音?"

有人颤声道:"好像是守尸房的老白。"

老白是个古怪的老头儿。也难怪,标本尸体房里把门的人难免都有点怪异,一年到头都难得听到他说几句话。大家跟老白打交道,也只有是在去尸房提标本尸体时跟他对上两句,他的声音总有一种让人难忘的特异,像哑了嗓子的猫头鹰似的。

到底发生了什么呢?难道今天的夜晚和平时不一样?

这么晚了,确实还有一个人在实验楼的解剖房里加班,这个人就是医学院的副教授赵凡宇医生。赵凡宇今年三十岁还不到,却已经因为教学和科研上的出色成果,在医学院里赫赫有名了。最近赵凡宇手里又有个研究项目正在吃紧阶段,所以特别忙,偏偏他的助手小雪身体又不适,请了三天假,今天晚上他一直忙到十点钟才吃晚饭,碗一丢就又去了实验楼。走进解剖室,赵凡宇照例电话通知老白送一具新的标本尸体来,然后就换上无菌衣,戴上塑胶手套,认真做着解剖前的准备。

老白是既管标本尸体房又管实验楼的门卫,接到赵凡宇的电话,他就推着安放标本尸体的移动车到解剖房来了。老白的腰间晃荡着一大串实验楼里各个科室的门钥匙,它们互相碰撞发出"丁丁当当"的声音,在空空的楼道里争先恐后地响着,传进解剖室,让赵凡宇觉得身上冷飕飕的,有那么一点怪怪的感觉。

不过赵凡宇一向不相信什么鬼神之类的学说,所以很快也就释然了,待老白把标本尸体车推进解剖房,他冲老白笑了笑,道了声"辛苦"。老白那张苍老的脸礼貌地回了他一个微笑,可给赵凡宇的感觉是,老白今天的这个笑比哭还难看。

赵凡宇把标本尸体从尸车移上解剖台，他今天要做的是胸外科解剖。他之所以这么用心地做这项研究，除了教学和科研的需要外，还有一个很重要的原因，是因为三年前他深爱着的女友林绮突然被一场肺部病变夺去了如花的生命。这也是赵凡宇如今事业有成而依然独身的原因，他发誓一定要把这个堡垒攻克下来，否则对不起死去的林绮。

赵凡宇心里默默地念着"林绮"的名字，定下神来，就掀开了标本尸车上的罩单。出现在他眼前的是一个年轻的小伙子，四肢修长，面目清秀，身上还带着一股冷库里的寒气。赵凡宇按照惯例打开解剖台上的一个开关，固定了标本尸体的手足，然后就拿起电锯，准备锯开标本尸体的肋骨，做胸内解剖。

赵凡宇果断地按下开关，当电锯的锯刀向标本尸体的胸腔猛锯下去的时候，突然一股股红的鲜血喷溅出来。赵凡宇大吃一惊：作为标本尸体，身上的血都应该是近于半凝状态的，怎么会有鲜血喷溅出来？他立刻将手里的电锯停了下来。

几乎是与此同时，赵凡宇吃惊地发现，在已经被锯开的标本尸体的胸腔里，一颗鲜活的心脏居然还在有节奏地跳动着！

抢救无效

赵凡宇心里惊叫了起来：不可能，这绝对不可能，自己怎么会解剖了一个活人？可那心脏是真实地在跳动着的。

赵凡宇慌慌张张地打电话叫来老白，口齿都有些不清了："这是怎么……尸体是活的？"好一会儿，他才突然觉得这不该是着慌的时候，于是立即又拿起电话打学院保卫科。打完电话转过身来的时候，却见老白正木木地站在手术台边，颤抖着嘴唇，一句话也不说。片刻之后，老白大概明白了是怎么回事，吓得"啊"地尖叫了一声，脸色变得灰白；又过了一会儿，大概他才刚刚想到这事儿应该有他自己逃脱不了的干系，惊恐得"啊——"发出了第二声惨叫，疯似的就要往尸体身上扑去。

赵凡宇一见这情景立即拉住了老白，并且立刻打电话急呼助手小雪赶来。随后，他让老白坐在一边，自己开始了对这个所谓的标本尸体的急救——不管是怎么回事，就当活人先抢救再说。他在心里狠狠地骂自己：居然连活人死人都没辨别清楚就动了手，自己还有什么资格再继续当医生呀？

实验楼的走廊里，脚步声越来越多，保卫科的人首先赶到，随后各科相关医生也来了，氧气瓶，呼吸机等各种急救仪器都调了过来，人人都为这个闻所未闻的变故慌了手脚。

足足忙了三个多小时，赵凡宇一直没有从手术台上下来，这多亏了他的助手小雪。尽管小雪刚进来时也吓得惊叫了一声，但如果不是她及时赶到，一直坚持站在赵凡宇身边默默配合的话，赵凡宇是无论如何也支撑不住的。

能做的努力都做了，可那个错被当作标本尸体的小伙子最终还是不治而去。赵凡宇神情疲惫地从解剖台上下来，独自走到实验楼走廊尽头的窗户前，呆愣了半天，深深地呼了一口气。这时候，从他背后伸过一只手来，给他递上了一支白塔烟，赵凡宇不用回头也知道，此刻站在他背后的一定是小雪。

赵凡宇转过身来，怔怔地抬起头，看到小雪的脸上也有因惊恐劳累而带来的苍白，可唇角还在勉强地向他微笑着。小雪安慰赵凡宇说："赵医生，这不能怪你，你也是无心的。我想院领导不会过于处分你的。"

赵凡宇摇摇头："可是，那是生命啊，我永远无法原谅我自己！"他的声音里带着明显的伤痛，随后低下头去，埋起了脸，终于，肩头忍不住耸动起来。

小雪站在赵凡宇身边有一会儿，忽然伸手轻轻抱住了他的肩膀。这么多年，小雪从来没有看到这个男人哭过。

好一会儿，赵凡宇才平静下来。他似乎有些难为情，轻轻推开小雪，低声道："谢谢你。"小雪想说什么，颤抖着嘴唇，欲言又止。

赵凡宇惊愕道："小雪，你的脸色怎么这么苍白？"

小雪看着赵凡宇说："我……我有些害怕。赵医生，你不觉得，那个人长得很像陈健？"

陈健？赵凡宇一想：对呀，记得自己刚看到尸体时，曾经有过一种奇怪的感觉，原来是眼熟！没错，是像陈健。

陈健是小雪半年前经人介绍认识的男朋友。可陈健又是赵凡宇和小雪之间的尴尬话题，因为几年来，虽然小雪从没向赵凡宇表明过什么，但赵凡宇知道，她其实一直在默默地暗恋着他，只是赵凡宇一直无法从林绮的死亡中解脱出来，也就装着毫不知晓的麻木样子，没有对小雪表示过什么。小雪其实是在对赵凡宇绝望之后，才与追了她半年的陈健好起来的。

学校向警方报了案。

双生因缘

其实那死去的小伙子不只是像，简直活脱脱就是一个陈健的翻版，第二天，赵凡宇见到陈健时，心里不由就痛苦地呻吟了一声。

以前，赵凡宇曾远远地见过陈健几面，不过都是从办公室的窗户里看到他在楼底街角来接小雪下班，今天算是头一次面对面，因为陈健听小雪说事故中的这个人像极了他，就硬是要小雪带他来看看。赵凡宇发现陈健是个很阳光很帅气的小伙子，看到他时就想起昨晚一个同样年轻的生命在自己手里结束，心里就涌起丝丝的痛。赵凡宇怔怔地望着眼前这张年轻的脸，甚至有些茫然不知所措。

陈健显得挺善解人意地劝慰赵凡宇说："赵医生，你也不用太难过了，这只是一个意外，谁会想到推到解剖台上来的会是个活人呢，听说死者在这之前其实就已经被人下了药的？"

确实没错，医学院著名药理学教授高博士根据赵凡宇讲述的事发全过程，断定死者一定在上解剖台之前就被人下了巴比妥一类的药物，那剂量足以致命，并让人先处于假死状态。

陈健十分好奇："赵医生，小雪说死了的那个人跟我长得很像？你们可不可以让我去标本尸体房看看那个人？就看一眼！"

这应该没有什么不可以呀！赵凡宇点点头，让小雪陪陈健去，他自己今天一直头很疼，脑子里一幕幕都是昨夜解剖时的情景。

标本尸体房门口有人守着，不许闲杂人等进入，陈健不甘心离去，就在门口等着。大概没多久，法医现场已勘验完毕，尸体被推了出来，谁知陈健只看了一眼，就惊叫起来："陈康……哥！"然后，整个人似乎都被悲痛压垮了下去，跌倒在地上。

怎么这件事真的与陈健扯上了关系？站在旁边的小雪惊呆了：认识到现在，从来也没有听陈健说起过他还有个双胞胎哥哥呀！

这倒用不着再费心去调查死者的身份了，刑警们让陈健在一边等着，好一同去公安局做笔录。小雪喃喃道："怪不得，我说怎么会那么像！"

陈健浑身颤抖，哽咽着说："我和我哥从小不和，他初中没毕业就离开家了，头两年还有音讯，后来就断了消息。我怎么也没想到，会是他。"

赵凡宇闻讯赶过来，自责得恨不得抽自己耳光……

这时，老白被从里面带了出来。毫无疑问，警方怀疑这个案件跟他有关，因为尸体是他送的，标本尸体房里除了他有钥匙，别人谁也进不去。

只见老白低着头，满头的白发在透过实验楼大窗户照射进来的阳光里显得特别刺眼。走过赵凡宇他们身边时，陈健忽然抬起了头，恶狠狠地盯住老白，哑着嗓子愤怒地叫道："你，你终于杀了他了！"

刑警看到案件的关联人居然认得老白，立即追问道："你们认识？"

陈健顿了半晌，低低地回答了一声："他是……陈康的父亲。"

陈健为什么不说老白是"我们的父亲"？

陈健的回答让站在旁边的小雪和赵凡宇都吃惊不已：这是一种什么样的父子关系啊？

赵凡宇不由担心地看了小雪一眼。

父子危情

这个案子有着太多的谜团。

刑警们已基本确定赵凡宇跟这个案子没有太大的关联了，如果一定要说他有什么责任的话，也仅仅是出于疏忽。但案件的另一个焦点人物老白，在刑警们的百般讯问下就是不开口，只是将他那双失神的老眼呆呆地望着天花板，就是偶尔开口了，也就那么句话："他死了？他死了？我杀了他？我真的杀了他？"整个人似乎精神失常了似的。

关于老白和陈康、陈健之间的关系，警方目前掌握的情况是由陈健提供的：陈健和陈康都是老白的亲生儿子，可从出生那一天起，因为生母产后大出血突然去世，他们兄弟俩就被送给一户陈姓人家收养了。这么多年来，陈健从来没有主动回去找过老白，虽然知道有这么一个生父的存在，他也没有回去，他恨老白根本不尽父亲的责任就轻易抛弃了他们。但陈康就不同了，自懂事起陈康反而就凭这一点屡屡找老白要钱。

刑警们根据陈健的叙述，细查了陈康的案底，发现他从小就是个不良少年，参与过不少打砸抢事件，后来不知什么原因16岁不到突然去了外地，不过据联网调查，他在外面也是好事不做，恶行多多。半年前他悄悄回来找老白，据说是因为日子混不下去，借了巨额债款而被人追杀的缘故，要老白帮他躲过难关。老白这些年省吃俭用却没有什么存款，刑警们推断，可能都是被这个不争气的儿子给敲诈去了。他们这段父子孽缘外人知道的很少。何况，躲避债权人的追杀，有什么比医学院的停尸房更好的地方？刑警们在老白住的房间里发现了不少陈康生前用过的东西。

法医的尸检结果很快就出来了，陈康死前果然服用过致死药物，并且这种药物的残渣，在一个留有老白指纹的杯子里被发现了。

警方据此推理：老白和陈康父子关系向来不好，相互间都有怨恨心理，这次儿子突然回来硬吃硬住，老白觉得不是个局，就生了毒念。平时标本尸体房里只有老白一个人，多出一具尸体标本是不大会被人发现的，于是老白就利用在医学院工作之便给陈康下了药。老白下药后精神恍惚，居然在陈康未死透时错把他当作标本送到了赵凡宇的刀下，但毕竟陈康是自己儿子，后来清醒了想起人可能还没死透，想把陈康再拖回去，没想这时赵凡宇已开始了解剖，他这才傻了眼。

当事人老白已近于精神崩溃，警方审讯了很久，依然没有得到他的任何口供交代。

警方决定：对赵凡宇不予追究刑事责任，他的失误属于工作责任，交由医学院处理；老白就被羁留在看守所，待收齐证据后再行起诉。

赵凡宇终于松了一口气，可心情一点也轻松不起来。无论如何，那个年轻的生命是因他的失误而最终丧失的，不管这个人生前是多么劣迹斑斑，但毕竟是一条生命啊！

赵凡宇从公安局大门出来，发现小雪在门外等着他。小雪关切地问："赵医生，是不是所有的问题都查清楚了？"

赵凡宇苦笑着点点头。

小雪的脸上露出了一丝笑意："我早说过，这不是你的责任。你是医生，从来只懂得救人而不知害人的。赵医生，其实你是个太过认真的人，什么事情你都爱往自己身上揽，就像当初林绮姐的病没有治好，也不是你的责任一样，这一次你就不要再那么自责了，好么？"

小雪的口气柔柔的，赵凡宇的心中好像被这种柔情所触动，不自觉地点了点头。这么些年来，他一直在回避一个对自己这么有情意的姑娘的感情，此刻想起来，赵凡宇心中不由感到了隐隐的痛。自己是不是做过了头？他在心里轻轻地问自己。

小雪柔柔地看了他一眼，低声说："赵医生，你没事我也就放心了。现在我可以告诉你，我要……和他结婚了。"

赵凡宇怔怔地抬起头，似乎一下子反应不过来似的。

小雪低着头，两只眼睛一直盯着自己的脚尖："其实，如果你有事，我一定不会在你事了之前结婚的。但现在，你没事了，陈健他，一下子失去了两个亲人，而且，白老伯说不定会被判死刑的吧？他太需要安慰了。所以，我决定，跟他结婚了。"

小雪顿了会儿,又说:"他以前……也提过好多次,我都没答应。但这次……他对我很好,你放心。虽然说实话,我跟他在一起的时间也不算长,对他的了解也不算多,但以后会多的……"

赵凡宇还是怔怔地听着,他突然觉得自己心里有股酸酸的味道,可脸上不敢表露出来。最后,他哑着嗓子开口道:"那我……我就恭喜你们了!"

婚前体检

不知怎么搞的,自那以后,赵凡宇常常一个人发呆,别人还以为他是陷在那个事件中拔不出来了,可他自己心里很清楚,发呆的原因就是:再过一个星期,小雪就要成为陈健的新娘了。

这天已经下班很久了,赵凡宇还怔怔地坐在实验室的解剖房里不动。临下班前他接到陈健的电话,陈健在电话那头似乎相当犹豫,最后才吞吞吐吐地说:"赵医生,我……我和小雪就要……结婚了,我想……我想结婚前,请你给我做一次……做一次私人检查,行吗?"

赵凡宇记得自己当时都听愣了:"婚检不都是有专门医生做的吗?"

却听陈健在电话那一头羞涩地说:"我不好意思找别人,你帮我看看,如果没什么问题,就麻烦你托人帮我出个证明吧。"

赵凡宇觉得这个陈健有点怪怪的,碍于小雪的情面,勉强答应了。赵凡宇心中苦笑着:小雪要结婚了,给她的新郎做婚前体检的居然会是自己。

这时候,门被轻轻地敲响了,赵凡宇一抬头,陈健已经推门进来了,他站在赵凡宇面前,不好意思地说:"对不起,赵医生,我来晚了,你今天怎么看上去精神不太好? 要不, 我明天再来。"

赵凡宇已套上了白大褂, 含笑道: "没什么, 就是有点累。我们现在开始吧?"

陈健有点害羞的样子: "好吧!"

赵凡宇没有专门的诊室, 只好让陈健躺上那张出过事故的解剖台。

陈健不由低声问道: "这就是我哥哥丧命的地方?"

赵凡宇心中一颤。陈健立刻仿佛想到了什么似的, 抱歉地朝赵凡宇笑了笑。赵凡宇的脑子里却僵僵的, 他的噩梦似乎又开始了: 这兄弟俩, 长得可真像!

陈健好像有些担心自己的身体, 喃喃着请赵凡宇给他好好检查一下, 说不好意思向别的医生问一些关于自己身体的私人问题, 想想还是来麻烦赵医生了, 然后他就开始脱衣服, 一直到最后把内裤都脱掉了, 光着身子躺在了那张解剖台上。

陈健忍不住自言自语道: "我是不是就躺在了我哥哥躺过的地方?"

赵凡宇心中猛地又一颤, 却听陈健道: "赵医生, 我能把你当心理医生一样倾诉一次吗? 今天我来找你, 是犹豫了很久的。这些天我的心理压力一直很大, 总是想起我的哥哥陈康。从小我哥哥就跟我不太要好, 可说实话我心里还是喜欢他, 无论如何我们毕竟是一奶同胞呀! 据养父说, 我母亲生下我们就因为难产大出血死了, 哥哥于是从小就恨我, 说就是因为多生了一个我, 才把母亲给折磨死的; 也是因为多了一个我, 父亲才会狠狠心, 索性把我们一起抛弃的。"

赵凡宇怔怔地听着。

"我从小就是个好孩子, 养父母都很喜欢我。而我哥哥从小就不学好, 打架、偷东西, 学习成绩也不好。后来记得有一次, 他拿着刀想划破我的脸,他说:'咱们都长得这么漂亮,可这漂亮该是我一个人的,而不是你这个害人精的,我恨你跟我长得一模一样。'我当时都吓呆了。他还老爱说:'你当个乖孩子,我就一定要当个坏孩子。否则,有谁会知道我和你不一样呢?'赵医生,你说,哥哥走到这一步,是不是真的都因为是我害的呢?他心里仇恨的种子,是不是都是因为我而种下的呢?"

陈健的话里有一丝说不出的苦味。

赵凡宇一时也答不上来,看着此刻手术台上躺着的这个和那一夜简直一模一样的年轻的脸庞、修长的身体,他只觉得自己的神经要崩溃了:是我下的手?是我杀了他?我成了杀人犯?他使劲儿掐自己的手,拼命在心里对自己说:"不是的!不是的!我是医生,我千万不能……"

陈健却似乎并没有注意到赵凡宇的神态,继续低低地说:"后来初中没毕业,哥哥就走了。我觉得他一定是因为恨我,恨我从小就比他得宠,恨那些对我好的女孩子,因为那时候学校里已经有许多女孩子在追我。哥哥曾对我说过,'这些喜欢你的女孩儿本都该是喜欢我的,谁让你跟我长了一张一模一样的脸?'我常想,如果现在他还活着,看到小雪他会不会也喜欢上她呢?会不会再来跟我争小雪呢?"赵凡宇只觉得头越来越沉,陈健的话似乎有一种催眠的力量,让他陷入伴随他们兄弟俩自小而起的那段裹着血缘的谜情之中。

只听陈健还在说:"其实,我一直想来这张解剖台上躺一躺,我哥哥那可怜的生命失去了的地方……当时他一定流了好多好多的血,好多好多,好多好多……"

赵凡宇只觉得那天夜里最恐怖的场景又在自己眼前重新出现了,自己像被一个精神病医生拿着表链催眠的病人,清晰地回忆起了那夜发生的所有的片断：血，电锯，还有弱弱的依然搏动着的心脏……他只觉得自己的神经要绷断了。

陈健却还在那里述说着："你手里的电锯一锯下去，好多血都喷了出来，那鲜红鲜红的血啊！我的家从此就完了，我的哥哥，我的父亲，都没了，都没了，都没了啊！血，好多好多的血……"陈健一边喃喃着，一边用手在解剖台上轻轻地抚摸着。突然，他两只眼睛一动不动地盯着赵凡宇的脸，就好像那天死在赵凡宇解剖电锯下的陈康会突然睁开眼睛一样。

赵凡宇只觉得脑子里"轰"的一声，耳朵里只听到陈健仿佛从很远很远的地方传来的声音："赵医生，你看看我，我从小就想知道，我跟哥哥是不是真的一模一样？你看过他的身体，现在也看到我的了，我跟哥哥是不是真的一模一样呢？或者，我就是另一个他……"

一点误差

赵凡宇愣愣地盯着解剖台上的陈健，满脸惊骇。

陈健的眼神里却透出一丝恶意报复的快感：你就要崩溃了……

可就在这时，赵凡宇的目光中忽然有什么东西一闪，陈健一惊，立即想从解剖台上坐起来，赵凡宇的手已迅速一按，解剖台上固定标本尸体用的开关猛地就扣住了陈健的手脚。

陈健脱口道："你干什么？"

赵凡宇已经恢复了平静，他走到窗边，打开窗子，深深地吸了一口气，回头看了陈健一眼，一字一句地说："陈康，你差一点就要成功了，可惜，你出了一点小小的差错。我现在才终于明白，你是真正的陈康，而不是陈健。真正的陈健，在那个晚上已经死在了解剖台上！"

被固定在解剖台上，被赵凡宇称作陈康的男人此刻满眼惊恐："你疯了？赵凡宇，你怎么会说出这样的话来？"

赵凡宇朗声说道："你不就是想用这种方法把我逼疯吗？真是个一石三鸟的好计谋呀！好吧，我来替你把话说完。你是因为无所容身才悄悄回来的，你看到了弟弟陈健所拥有的一切，于是从小就有的对他的嫉恨更加升温了，你想攫取他拥有的一切，包括他深爱着的小雪。你恨陈健，也恨你的父亲白老伯，还恨那个你听说过的小雪曾对之有感情的我，所以你精心设下这个骗局，要除去所有的障碍来得到这一切，是不是？事先给陈健下药杀了他的，一定是你，偷偷把原先的标本尸体换上陈健的，也一定是你！"

说到这里，赵凡宇的眼睛里简直要喷出火来："你利用了你和陈健一模一样的长相，妄想利用他的身份再重新活一次；你利用了小雪因为对我的感情而一直不太亲近陈健，确信她看不穿这个秘密，你故意栽赃给白老伯，故意把警方的注意力引到白老伯身上；你最后还妄想利用我的愧疚心理把我逼疯，让善良的小雪真心诚意地嫁给你，还故意对她说要带着她到新地方去开拓你的什么新事业。哼，你这个人真是好歹毒啊，你这条披着羊皮的狼！"

被固定在解剖台上的这个真正的陈康，此时忽然冷笑道："姓赵的，你不要胡说八道，我问你，你凭什么来证明你说的这一切？你凭什么说我不是陈健？"

"嘿嘿！"赵凡宇一声冷笑，"证据就在你自己身上！"

陈康的身子不由抖了抖，似乎这时才开始介意自己的裸体。

赵凡宇说："你不知道吧，我虽不曾认真跟陈健近距离见过，但他身体上有一个特征我是知道的。几个月前,他已经打算跟小雪成婚,那时曾经给我打过一个电话,非常不好意思地向我咨询,就是他觉得自己包皮过长,问我是不是应该先做手术,并要我给他介绍一个医生。这件事,估计连小雪都不一定知道。我当时很认真地给他讲解了,还特意给他联系了一个医生,并且给他们双方约定了时间。这个手术,陈健去做了,因为后来我还特地问过那医生。怎么样,这一点你没防备吧?"

赵凡宇说的这件事,重重地击中了陈康的要害,他在解剖台上挣扎着,歇斯底里地狂叫起来:"我要杀了你,杀了你!"

赵凡宇冷冷道:"没错,你长得几乎跟陈健一模一样,但有一点你跟他截然不同,那就是,他对自己负责,也对别人负责,对生命负责。而你,你怎么忍心亲手去杀害自己的亲弟弟,甚至把自己的生身父亲也要推到死路上去?"

赵凡宇说到这里长出了一口气,拿起电话拨通了110。几分钟之后,警车的鸣笛声就在实验楼的窗外响了起来……

老白被放出看守所的时候,是赵凡宇和小雪一起去接他的。阳光下,老白的眼睛依然木木的:"我的两个儿子都死了!"他忽然哭出了声,"让我也死了吧,死了吧……"

赵凡宇呆呆地说不出话来。

小雪的身子一直在抖,赵凡宇紧紧拥住了她。

这真是一场生死危情。而当一切都过去之后,赵凡宇才突然发现,生命中的美好是那么令人值得珍惜。

(国 鹰)
(题图:杨宏富)

该死的花花公子

佛莱尔是亿万富翁布朗的儿子。这天,他和朋友迈克去攀岩,当他们登上阿力加斯山的峰顶时,这才发现寂静的峰顶上竟然站着三个大汉,后面还停着一架直升机。

见到佛莱尔他们,为首那人露出一丝冷酷的笑容,说:"佛莱尔,你的保镖们没上来吗?恭喜你成为我的人质,对了,自我介绍一下,我叫查尔。"

查尔说着,拿出手机按下一连串号码,一手将手机放在耳边,另一手抽出一把枪,漫不经心地对着迈克扣动了扳机。可怜的迈克胸膛上鲜血飞溅,"扑通"一声摔倒在地。佛莱尔面如土色,两腿一软坐在地上。查尔将手机递到他的耳边:"跟你爸爸说说,这里发生了什么事情。"

佛莱尔哆嗦了半天，突然歇斯底里地大喊起来："他们打死了迈克，他们要绑架我……"

查尔满意地点点头，拿过手机说："布朗先生，给你二十四小时，准备两千万现金。我已经枪杀了他的朋友，不知道这样能否让你明白我的决心？"

随后，佛莱尔被他们蒙住眼睛，推进了直升机。直升机挑衅似的在空中转了一圈，然后飞离了山下佛莱尔保镖们的视线。途中，他们改乘了汽车，最后佛莱尔被关进一间屋子，双手反铐在一根柱子上。

查尔命人搜去佛莱尔身上的所有物品，包括耳钉。佛莱尔是个潮流青年，他的头发扎成一条条细小的辫子，看上去满头都是小蛇。

查尔揪住佛莱尔的几根小辫子用力一扯，轻蔑地说："该死的有钱人，你看看你还像个男人吗？我最讨厌的就是你这样的花花公子。"

佛莱尔吓傻了，喃喃地说："我爸爸会给你钱的，请不要杀我……"说完，佛莱尔的牙关不由自主地"咯咯咯"打起战来，更奇怪的是，他的身下传来水流的声音。查尔皱了皱眉，不由得露出厌恶的神色——原来佛莱尔吓得尿裤子了。

查尔挥手给了佛莱尔一记耳光，骂道："我绑架过七个人，像你这么没出息的，还是第一次见到……别抖了，闭上你的嘴。"

佛莱尔不敢看他，用力地闭上嘴，却止不住自己的恐惧，于是牙齿撞击的声音变得格外沉闷。

查尔眼睛一转，突然想要戏弄这个富家子弟。查尔命令佛莱尔张开嘴，然后突然抓住他的手指塞进他嘴里。佛莱尔惨叫一声，上下不断撞击的牙齿狠狠地咬在了自己的手指上。查尔的手下们笑得前仰后合。

查尔突然止住笑声："兄弟们，该干活了。"他命令手下去监视佛莱尔父亲布朗的动静。没多久，消息不断传来，说布朗正在全力筹集现金，但是他肯定报了警，一队不明身份的人进驻了他的家。一切都在查尔的预料之中，查尔满意地笑了。

二十四小时转眼即逝，查尔拨通了布朗的电话，让他准备交钱。布朗镇定地说："钱没问题，但我要确定我的儿子还活着，否则你休想拿到一分钱。"

查尔拔出枪，笑嘻嘻地顶在佛莱尔的头上。佛莱尔吓得面色惨白，牙关打战。查尔就是要让布朗听到这些，他嘲讽地说："布朗先生，你知道这是什么声音？哈哈，你儿子吓得要死，他的牙齿都快咬碎了。"

佛莱尔突然歇斯底里地大喊："爸爸，救我——"查尔一拳打在佛莱尔的脸上，叫声戛然而止。

查尔跟布朗谈妥交款方式后，把一个纽扣样大小的东西塞进佛莱尔的嘴里，用胶布封住了他的嘴，然后取出一个遥控器，说："如果你爸爸敢骗我，我就会引爆你嘴里的微型炸弹，它的威力不大，但足够炸飞你的脑袋，所以，你给我乖乖的，懂吗？"

佛莱尔说不出话，只是拼命地点头。

收取赎金的人已经出动了，一切都按照查尔的计划进行着，他马上就要成为大富翁了。一个手下问查尔，怎么处置佛莱尔。查尔把眼睛凑到窥视孔上，看见佛莱尔坐在地上，被铐住的双手反抱着柱子，茫然地盯着对面的窗帘。查尔冷酷地笑了，说："收到钱，就立刻杀了他。"

话音未落，窗子突然被撞得粉碎，几个身穿防弹衣的特种警察如神兵天降，查尔的手下们还没明白是怎么回事，便纷纷倒在血泊里。

查尔却在瞬间，撞开关押佛莱尔的房门，一个跟头翻了进去，揪住佛莱尔，把枪顶在他的脑袋上，疯狂地大喊："不要进来，否则我就杀了他。"

几个特警出现在窗前,黑洞洞的枪口指着查尔。查尔这时才庆幸自己有先见之明,这间屋子窗上装了铁栅栏,否则特警早就冲进来了,自己就什么机会都没了,而现在至少还有佛莱尔这个人质。

局面一时僵持不下,没有人敢开枪。查尔实在想不明白,特警是怎么找到这里的。可现在不是想这些的时候,他用另一只手取出遥控器,高声说:"只要我按一下,佛莱尔的脑袋就没了,不想要他的命,你们就开枪吧!"

查尔边说边收起枪,拿出钥匙准备打开佛莱尔的手铐,他要押着佛莱尔逃出这个鬼地方。可他突然愣住了,佛莱尔的手铐居然是开着的,更让查尔惊讶的是,佛莱尔好像换了一个人似的,丝毫没有恐惧之色,反而充满了兴奋。

查尔慌忙举起遥控器说:"别动,别动,它会炸飞你的脑袋。"

佛莱尔甩开手铐,友好地拍拍查尔身上的灰尘,然后就要去撕嘴上的胶带。查尔大叫:"不要动,否则我要按了……"

佛莱尔好像没有听到他的话,继续撕扯着胶带。一旦佛莱尔吐出炸弹,自己就没有威胁的资本了。眼见胶带马上要被撕开,查尔把心一横,就算是死也要拉个垫背的,他绝望地将大拇指用力按了下去。

随着一声爆炸声响,佛莱尔扑倒在地。特警们正要冲进屋去,却发现佛莱尔安然无恙地站了起来,倒下的是查尔,他的肚子被炸了一个大洞,躺在地上痛苦地大叫。

佛莱尔走到查尔身边,说:"查尔先生,你太蠢了,既然我的手铐都解开了,我还会让炸弹留在嘴里吗?很抱歉,刚才我一不小心,把它掉在你的口袋里了。"

"儿子,你没事吧?"一个人大喊着冲了进来,正是佛莱尔的爸爸布朗,他抱住儿子,兴奋地说,"你太聪明了,竟然还记得我们做生意时约定的暗号,我就知道我的儿子不会窝囊到牙关打战的,再仔细一听,果然,你在用牙齿敲出摩尔斯密码,不过,你怎么知道被关押的地点呢?"

重伤的查尔悔恨地诅咒自己,原来佛莱尔害怕的样子都是装出来的,他们父子俩之间竟然有约定的暗号。不过,他始终不明白,佛莱尔一直被铐在柱子上,没理由知道自己身在何处啊!

佛莱尔笑嘻嘻地蹲在查尔面前,把手伸到脑后的小辫子里,再拿出来时,手里多了一枚发卡。他得意地说:"你搜身的时候漏了这个,它藏在头发深处,不但能保持我的发型,还可以救我的命。我头靠着柱子把它蹭落了下来,然后用它打开了手铐,要不是窗子上有栅栏,我早就逃走了。我认出了这个地方,通知了爸爸,又取出了炸弹,然后把炸弹还给你……"

看着查尔绝望的表情,佛莱尔继续说道:"为了让你相信我的恐惧,对我放松警惕,我甚至不惜尿了裤子,表演还不错吧?现在,你还认为我只是一个花花公子吗?"

(楚横声)
(题图:佐 夫)

里程碑前的车祸

张发财自从喂了一头白眼圈的黑毛驴，又买了一辆加重架子车以后，天天拉货挣钱，倒是实实在在发了点财，小日子过得挺滋润。

这天早晨，他套上毛驴车，沿着国道直奔县城。毛驴"笃笃笃"一溜小跑，张发财晃着小鞭儿，哼着梆子调，心里乐得甜滋滋的。没多久，来到一块里程碑附近，"517"三个阿拉伯数字历历在目。这时，一个骑自行车的姑娘从后面冲了上来，超过了毛驴车。恰在这时，后边又开来一辆解放牌汽车。司机是个年轻小伙子，见骑车的是个姑娘，便来了个恶作剧，按了两下汽车喇叭。

这一按，姑娘无动于衷，毛驴却受了惊，往前猛地一蹿，毛驴车一下子挂住了自行车的前胎，只听"叭"的一声，姑娘连人带车摔倒在路当中。汽车司机大吃一惊,忙踩刹车,哪里还来得及?"呼"的一下,汽车从姑娘身上轧了过去。司机抬头一望,公路上除了毛驴车以外,前后都不见人影。时不再来,机不可失,走!他一踩油门,跑了。

张发财定睛一看,汽车号码是30—30303,心想:你闯下这么大的祸,竟敢一跑了之!他急忙勒住毛驴,扭头一望,怪了!只见那姑娘摇摇晃晃地站了起来,身上不见一点血迹,双手还哆哆嗦嗦地拍拍身上的土,有气无力地喊道:"大叔,救救我……"说着又栽倒在地。

张发财一见这情景,知道姑娘的举动纯属回光返照,非死不可。她的死,自己也有责任,三十六计,走为上策,还是赶快离开这是非之地。想到此,他便挥手往驴腿上猛抽一鞭,毛驴撒腿就跑。这时,姑娘直起身来,喊了句:"你们跑、跑不了……"接着口喷鲜血,倒地而死。

张发财虽说逃离了现场,但整整一天平静不下来,老是提心吊胆的,见着大盖帽就浑身发抖。暮色苍茫时,他赶着毛驴回家,当临近517里程碑时,发现路边站着个穿黑衣服的人,这不就是那个姑娘吗?顿时,那姑娘的求救声以及她愤怒的呵斥声都在他耳边轰鸣,吓得他冷汗直冒,灵魂出窍,差点背过气去。他想勒住毛驴往回逃,可不知为啥,连毛驴也不听指挥,一个劲地往前跑。近前一看,却原来是一棵被汽车撞断了的枯树桩。虽说是一场虚惊,也吓得他要死,拼命抽打着毛驴,狼狈地往家逃。

回到家里,张发财老婆问道:"听说公路上死了个姑娘,你见了吗?"真是哪里痛往哪里抓,张发财没好气地说:"你管那么多干啥?""我问问还不行吗?人家都在说,交警队经过现场勘察,发现姑娘身上有汽车轮子印,自行车却没有损坏,就是前圈上有一处擦伤。据分析,很有可能是什么车挂住自行车前轮胎,使姑娘跌倒后被汽车轧死的。可是闯祸的人却逃之夭夭，现在正在追查，查到要加重处理。"

听老婆这一说，吓得张发财心惊肉跳，吃进嘴里的饭菜直打滚，怎么也咽不下去，心里想:怎么办呢? 去自首倒是方便的，那汽车的型号、车号全在脑子里，可这事我也有份，只怕是进去容易出来难呀! 他转念一想，对了，那车号开头是30，是外地的过路车，交警队再有本事也查不到。姑娘已经死了，我不说，汽车司机不讲，天大的事也会烟消云散的。

晚上，张发财翻来覆去睡不着，直到半夜过后才迷迷糊糊睡去。可他刚睡着，又做了个噩梦，梦见那姑娘立在他面前笑着说:"张发财，你害死了我还睡安心觉? 告诉你，你们逃得了法律的制裁，可逃不出我的手心! 我记住的，你那黑毛驴长着白眼圈，他的车号是30—30303，总有一天，我让你们也都死在517里程碑前面!" 这一下吓得张发财大叫"饶命"，从梦中惊醒。他老婆问他出了啥事，他才原原本本地把白天的事和梦中的情景讲了出来，把老婆也惊得目瞪口呆。

第二天，张发财病倒在床，时冷时热，胡话连篇，急得他老婆又是求医，又是求神，还请来神汉为他撵鬼，弄了个鸡飞狗跳，也不见病情好转。

一个月以后，张发财的病总算好了，就是浑身乏力，打不起精神来。可他扳起指头一算，这一个月下来，少说说损失一千多元。这一算，他坐不住了，决定出车挣钱。

第二天，张发财强打精神，赶着毛驴进城。谁知车一上路，一颠二晃，竟把张发财送入了梦乡。等他一觉醒来，发现毛驴站着不动，抬头一望，天呀，这该死的毛驴不知啥时候把他拉到火葬场来了，真他妈的晦气! 气得他挥起鞭子劈头盖脑地猛抽，打得毛驴撒腿就跑。

毛驴离开火葬场,又上了国道,跑啊跑啊,转眼来到了517里程碑附近。这时,一辆解放牌汽车响着汽车喇叭从后面急驶而来。张发财扭头一望,啊!这不就是那辆汽车!难道真的应了梦中的话?事不宜迟,快躲!他朝毛驴猛抽一鞭,想把它赶到路边去,谁知毛驴突然受惊,四腿一蹦,将张发财摔倒在路当中。司机见事不妙,猛踩刹车,可偏偏在这紧要关头,刹车失灵。司机急忙打方向盘,想避开张发财,但为时已晚,只听一声惨叫,车轮从张发财身上轧了过去。汽车失去控制,一头撞在路边的大树上,司机脑浆迸裂,当场死去。

张发财呢?他和那姑娘一样,摇摇晃晃地从地上站立起来,又哆哆嗦嗦地拍拍手,然后朝汽车看看,只见上面的号码是30—30303,他不禁哈哈一笑说:"报应啊,报……"话没说完,就口喷鲜血,晃了两下,一头栽倒在地上,再也起不来了。

(方　立)
(题图:黄　铸)

走向公安局

今天要说的故事，发生在好多年前了。

县郊有个农民王达理，是个出了名的老实人。他一生胆小怕事，又爱当和事佬，在小地方出了名。人们都管他叫"王老好"，真名字反被人忘掉了。

这天，王老好来县城买东西，走着走着，就小肚子打鼓了。他发现有两个打扮流里流气、戴墨镜的人老是跟着自己。他走快一点，那两人也快点；他走慢点，那两人也慢下来。王老好连穿了几条街，那两个人还是与他保持着几步的距离。

王老好心里很是纳闷，心想莫非是仇人找自己算账？可是他王老好拨着指头算，也算不出自己和谁结过仇。那么，这两个人是冲着钱来的？

想到这里,王老好吓得打了一个冷战,不由自主地摸了摸内衣口袋里的200多元钱,那可是他特地带来给闺女买嫁妆的哩!

王老好边想边走,猛一抬头,不由得大吃一惊,原来他慌不择路,走进了一条偏僻的垃圾巷。这条垃圾巷三面都是高墙,墙根倒着一堆堆垃圾。他回头一看,那两个人已经慢慢地逼了过来。

王老好一步步地后退,后背终于贴着墙了,那两个人还是一声不吭地逼过来。王老好已经打定了主意,好汉不吃眼前亏,先把钱交给他们,然后马上去公安局报案。他抖抖索索地摸出那200多元钱,递过去:"我只有这点钱,真的,再也没有了。""王老好,你真会开玩笑,啊?嘿嘿嘿——"两个家伙狞笑着,两把弹簧刀弹了出来,抵在了他的腰上。

他们居然知道自己叫王老好!看来真的是善者不来,来者不善。王老好的两条腿不住地筛糠,要不是靠着墙壁,他早就瘫软了。他忽然明白过来,连忙把手表抹下来,连同钱一起再递过去:"我……真的……实在没钱了……"

"别啰唆,不是要你的钱!"两个家伙粗暴地打断了他,"乖乖地跟我们走,有你的好处。"王老好没有办法,只好揣起钱和表,哭丧着脸,被两个家伙劫持着穿过几条冷清的小巷,来到了一家比较偏僻的餐馆里。

走进雅座,王老好看见里面只有一张已经摆上了餐具的圆桌,上首坐着的人长着满脸横肉,好像是一个头目。看见他们三人进来了,那个头目模样的人挥手示坐。王老好战战兢兢地把半边屁股搁在了板凳上,心里七上八下。那个头目弹了一支烟给王老好,又用打火机给他点上,接着,"叭"地打了一个响指,跑堂的马上便端来了各种酒菜。

王老好半边屁股挨着板凳,机械地吸着烟,搞不清对方葫芦里卖什么药。这时,只见那个头目站起来,双手抱拳,声如狼嗥:"哥,你救了我们的兄弟,我——敬你一杯!"

"救了……你们的兄弟?"王老好丈二和尚摸不着头脑。

"哈哈哈——"两个劫持者纵声大笑,其中一个摘下了墨镜,声音像公鸭叫:"怎么,不认识我?"

"喔,是你!"看到对方眼眶上的大疤痕,王老好终于想起来了。

那是一个月前,王老好坐客车进城。车子走了不多久,忽然有个妇女惊叫起来:"哎呀,我的钱包不见了,谁偷了我的钱包!就是他,就是他,刚才他一直在我身边。"

王老好仔细一看,一个眼眶上有一条醒目疤痕的青年正慌慌张张地朝外挤,但是马上就被身边的几个年轻农民扭住了。伤疤青年先还拼命挣扎,后来见挣不脱,就耷拉着头不动了。那个妇女挤过来,从他的裤兜里搜出了自己的钱包,乘客们愤怒了,不知是谁吼了一声:"打死这狗日的!"乘客们马上就拥过来,拳头雨点般落在了伤疤青年的身上。不一会儿,伤疤青年就被打得鼻青脸肿,鼻子和嘴角都淌出血来,衬衫也被扯破了几个大口,呻吟不止。

王老好看不下去了,便壮着胆子挤上前去求情:"算了,算了,别打了,再打就出人命了。"

"这些三只手就是可恶,就是该打,走,送这小子到公安局去!"一个农民小伙子恨恨地说,又狠狠地踢了一脚。

"算了,算了,人都有走错路的时候嘛!已经打成这样了,算了,算了!"

车上的乘客大都认识王老好,其中一个乘客就说:"王老好,你不要不分场合又在那儿充好人!一个扒手你都要为他辩护?他是你的亲戚还是咋的?!"

这王老好平生胆小怕事,一怕,就吓得说不出话来。这时候他听见别人说扒手是他的亲戚,怕自己被牵涉进去,说不清楚,红着脸退到了一旁。

车上的人都知道王老好很老实,见他红着脸,不说一句话就走开了,以为这个扒手真的就是他的亲戚,心就软了下来。刚好这时候客车到了一个小站,那扒手趁机溜走了,临下车还回头望了王老好一眼,那道醒目的伤疤一晃,吓得王老好心里"咯噔"一下,几天都没睡好觉。

一个月过去了,王老好快把这件事忘记了,但是想不到今天又在这儿碰到了这个扒手。看来今天没有危险,王老好这才稍微镇定了一些,把屁股都挪上了板凳。他用衣袖揩揩头上的冷汗,长长地呼出一口气,说:"哎呀,你们这样做,吓死我了!"

那个伤疤青年怪笑了一声,说:"我们只有这样做,才能把你请到这儿来呀!"

"没事的话,我想走了。"王老好说罢站起身来,他可不想和这些扒手有什么瓜葛。

那三个家伙交换了一下眼色,为首的脸色一沉,鼻子一哼,"啪"地一拍桌子,震得筷子"咣当"落在地上,冷冷地说:"怎么,想走?瞧不起我?"

"不……不……"王老好瘫坐在凳上,又说不出话来了。

"那好!你没有让我的兄弟进公安局,够哥儿们!今天,哥儿们有了300元的财喜,就请赏脸。"说完,端起一杯酒,"干!"

王老好没办法,只好苦笑着强打起精神相陪。

一个小时后,那三个家伙终于酒足饭饱了。满脸横肉的头目打着饱嗝,含混不清地说:"够哥儿们……呃……有事……找我……呃……店老板……自己人……"王老好赔着笑脸,胡乱地答应着,迫不及待地离开了酒店,刚转过墙角,便撒腿飞奔起来。

跑了十几分钟，估计离酒店已经很远了，王老好这才放慢速度，心神不定地沿着大街溜达。王老好回忆着这一切离奇的遭遇，感觉自己好像做了一场噩梦。

走到县医院门前，王老好看见前面围着一大圈人，叽叽喳喳的，不知道发生了什么事。他好奇地凑了过去，只见人群中间的空地上坐着一个老农民，面前有一只茶盅，里面有一些小面额的钱。那个老农民正一把鼻涕一把泪，向围观的人群诉说自己的不幸。原来，他是来县医院看病的，谁知下了客车才发觉那看病的300元钱被窃了。现在既看不了病，又回不了家，只好在这儿讨一点路费。围观的人们听了，义愤填膺，痛骂扒手。这时，有人便往茶盅里放钱，老农民不住地说着感激的话。

王老好在一旁觉得心里沉甸甸的很不好受。忽然，他想起一个小时前那个满脸横肉的头目说的话，马上便明白了：那300元钱的财喜正是这个老农民治病的钱啊！这些丧尽天良的家伙！他觉得自己简直不是人，居然和扒手们一起吃喝，而吃喝的钱，又恰巧是和自己一样的农民的血汗钱！

王老好上前一步，在人们惊诧的目光下，掏出身上的200多元钱，递给老农民，说了声："老哥，快去治病吧……"就哽咽着说不下去了。老农民望着这一大叠汗渍渍的钱，连忙推辞，慌张地说："不，不……"

"拿着吧，老哥，我……我……"王老好半是惭愧，半是激动，硬把钱塞到了他的衣兜里。老农民紧紧地握着他的手，连声说："好人哪！好人哪！你留个地址吧，我回去一定还你……"

"好人哪！"这三个字深深地刺激了王老好，他的脸腾地红了。他痛苦地摇了摇头，把手从老农民那满是老茧的手掌中抽出来，低头挤出了人群。

王老好沿着大街往前走。他的耳朵里一会儿传来老农民的哭诉，一会儿传来三个扒手的怪笑，一会儿又传来围观人群中发出的谴责声，一会儿又传来老农民"好人哪！"的感激声……

王老好实在忍不住了，他觉得自己浑身都是力气和胆量，他毅然转身向公安局大踏步走去。王老好清楚地记得满脸横肉的头目说过的话："店老板，自己人……"

（徐吉贵）
（题图：张恩卫）

幽会之后

一个星期六的下午,由子走出医院。今年刚过 40 岁的她,已是东京这所著名医院的院长,也是电视台的医学顾问和报纸上经常出现的名人。不过,现在她却不是去电视台或报社,她要到近郊一个旅馆,去和一个叫寿田的男子幽会。

由子正准备过马路,忽然看见对面百货大楼门口的人群中,有一个短发的女人,那一双狐狸似的小眼睛正在东张西望。她认出那是寿田的妻子稻田芳子,虽然稻田芳子并不认识她,但她还是很紧张,心在怦怦乱跳,头上冷汗涔涔,她急忙钻进了路边的一辆出租车。

坐进车厢,由子才舒了一口气。车在马路上急驰,窗外吹来金秋的凉风,使她乱跳的心稍稍平静了些。她是东京社会有地位的名人,但她也是个有血有肉的女人，丈夫去世以后，孤寂的生活日夜折磨着她的心灵，她同样期待着男人的爱抚，她需要一个心地善良又有教养的男人。

寿田早就在旅馆等候由子了，她一进门，寿田就紧紧地拥抱着她说："一个多星期没见，我想你都要想疯了！"在寿田的怀抱里，霎时一股幸福的暖流涌遍了她的全身。

他俩互相拥抱着，相依在窗前，看着窗外迷人的秋景。这时，忽然在对面一座高层公寓的阳台上，出现了一个长发披肩的少女。那少女异常醒目，一下吸引了寿田和由子的目光。突然，那少女竟然翻过阳台的栏杆，一头从阳台上跳了下去。由子惊得"啊"地叫出声来，赶紧把头伸出窗外，瞪大眼睛向下看。这时,对面那阳台上又出现了一个男青年，他慌张地向阳台下拼命地叫着什么。

这惊心动魄的场面，使由子雅兴全无，她拉着寿田的手说："赶快离开这里吧！"

这时正是下午四点钟。

走出旅馆，由子独自叫了出租车回家。在车上，她总算松了一口气，心想幸亏是自杀，如果是他杀，自己就必须出庭作证。现在一切都过去了，尽快忘掉它吧！

回到家，已经是暮色浓浓，华灯初上了。由子的独生女儿正在家里焦急地等她，一见她回来就一头扑在她怀里，带着哭腔，万分委屈地埋怨："妈妈！你到哪里去了呀？哪里都找不到你，真急死人了！"

丈夫去世以后，女儿成了由子的精神支柱，成了她的一切，娇生惯养使女儿变得异常任性，但她无法改变这些，也不想去改变这些。

当由子听女儿说她的那辆丰田小轿车丢了，她忙用轻松的口气安慰女儿说："那有什么，妈妈再给你买一辆更好的。"但女儿却十分不安地说:"那偷车人在下午四点钟时,用我的车撞人以后逃跑了,电视里刚刚转播过……"

由子一听,立刻紧张起来,这就是说,女儿作为车主,将会被警署第一个怀疑。她心头一阵颤抖,急急地问女儿:"今天下午,你在家吗?只你一个人吗?有没有人给你打过电话?"

女儿只是带着哭腔一个劲点头。

女儿忽然泪流满面地叫起来:"妈妈!我怕极了!救救我,如果警察问,你一定要说从下午三点开始就和我在一起!妈妈……"看见女儿这样,由子的心碎了,她一把搂住女儿,好像怕被人抢走似的,眼泪大颗大颗地滴在女儿的秀发上。

由子陪女儿来到了警察署,并为女儿做了假证,说女儿下午放学后发现汽车被人偷了,正准备报案,后来从电视里知道肇事汽车与女儿的车相似,就赶快来警署报案,整个下午母女俩都在家中。

一个年轻警官认真地做了笔录,并很客气地叫由子母女安心回去,她们正要离去,警署的电话响了,年轻警官接电话后对她们说:"肇事汽车在一个旧车库里找到了,显然偷车人肇事后把车藏在那里然后溜掉了,你们先回去等候通知吧!"

回到家里,女儿的脸色好看多了,很快就安然睡去。由子无法入睡,一种说不出的不安和恐惧袭击着她。为了驱赶紧张的情绪,她打开了电视机。电视里正在播送当天的新闻,屏幕上忽然出现了旅馆对面那座高层公寓。由子的神经猛地紧抽起来。

解说员正在解说那个少女跳楼的原因,据警方调查,那青年叫筒口清一,曾与那少女订婚,但近来关系破裂,因此那青年有谋杀少女的嫌疑。警方已经将这青年逮捕审查。

由子突然感觉头脑里嗡嗡在叫，她多想喊一声，那青年是冤枉的！但她终于没有喊出来。由子匆忙关了电视，一头扑倒在床上，翻来覆去，却怎么也无法入眠。她想那青年是无罪的，自己有责任出面作证，只有自己才能证明他的无辜。然而，由子不能这样做，她不能让人知道一个有地位，有名望的女医生正在旅馆里与一个有妇之夫幽会。

这时，电话突然响了。由子吓了一跳，从床上蹦起来，抓起话筒。话筒里传来寿田低沉不安的声音："喂，你看了今晚的电视新闻吗？"

"看过了。"

"那……我们可以不去作证吗？我们可是现场目击者。"

"这个……"由子感到自己在发抖，好半天才挤出一句话："这不大妥当吧，我们也有许多不便呢。"她慢慢放下了电话。

星期一的早晨，医院里病人不多，由子在办公室里正心神不定地翻着书，忽然走进来一个体态玲珑的女子，她很有礼貌地自我介绍："对不起，打搅您了，我是筒口清一的妹妹……"一听到"筒口清一"，由子立刻感到一阵惶恐。那女子接着说："我哥哥的事，我想您是知道的，我恳求您出来为我哥哥作证！"

由子有些慌乱，她不敢正视这女子热切的目光，她强作镇静地说："你，你太荒唐了，这件事我一点也不知道！"

"不，我哥哥说那姑娘跳楼时，您正站在对面旅馆的窗前。您是名人，我们都认识您。这一点，哥哥已向警察说了……"这女子的话，好像给了由子当头一棒。那女子又说："不过警察不信我哥哥的话，我只好求求您，一定要为我哥哥作证啊！"

由子心想，警察看来还是相信我为女儿做的伪证，心里又镇静了下来，她冷冷地说："你哥哥可能看错人了，毕竟，他那时候也很慌乱。

小姐,实在抱歉,我无法去作什么证!"说完就向门外走去,再也不去理睬那女子的哀求。

然而这一整天,那女子还是接二连三地打电话来,求由子为她的哥哥作证,由子听都不听就把电话挂断了。为了医院和个人的名誉,为了保护女儿,她绝不能去作证!

晚上到家,邮递员上门,递给由子一封信,并且抱歉地说,他在上星期六下午四点多钟就送来过,因为由子家里没有人,才拖到今天。

由子心里一惊,星期六下午四点多,女儿不是说她在家吗?难道女儿在扯谎?她拖着沉重的脚步走进屋里,也没有力气开灯,就在黑暗中躺下了。

也不知隔了多久,屋里灯亮了,是女儿回来了。她嘴里喷着酒气,撒娇地叫着妈妈,把滚烫的脸贴了上来。由子拿出那封信,问她星期六下午究竟在哪里,女儿任性地别过脸说:"就是在家嘛!根本没有什么送信的老头,根本没有!""对妈妈应该讲真话!"由子一脸严肃,女儿忽然一头扑在沙发上大哭了起来,这孩子从小就是这样,从来不肯认错,一旦被揭穿就撒泼大哭。由子身体一阵颤抖,胸口撕心裂肺般的疼痛,她知道女儿真的犯罪了。

女儿哭累了,便沉沉地睡去。由子的心很痛,她轻轻为女儿盖上了毯子,看着女儿那张布满泪痕的稚嫩面孔,再也忍不住自己的眼泪,她在心里说:妈妈拼死也要保护女儿呀!

九点多,电话铃又响了,还是那个女人的声音:"我再次求你为我哥哥作证,如果我哥哥死了,我就杀死你和你的女儿!"说完,对方就重重地挂断了电话。电话里传来嘟嘟声,由子还呆呆地拿着话筒。

一个小时过去了,由子再也坐不住了,她从电话簿上找到了筒口清一妹妹的家，并按地址找到了那个扬言要杀死她的女子的家门口。门紧锁着，窗里漆黑一团。由子不知道自己究竟为什么要来找这女子，求饶吗？威吓吗？她说不清楚，只是狠命地敲门。可是，屋里没有动静。这时，由子突然看到那大门口挂着一个蓝色的乳品箱，她脑海里立即跳出一个罪恶的念头……

第二天一早，由子上班迟到了，刚走进办公室就接到了警察署的电话，对方说："那个开车撞了人的男学生，已由家长陪着来自首了，当时您的女儿正坐在车上，肇事后又和同学弃车逃走，现在您的女儿已经被我们请来了！"

由子恍恍惚惚，也不知道自己是怎么来到警察署的。在大门口的石阶上，一个熟人向她打招呼，那是一个处理刑事案件的律师。由子从他口里知道，那跳楼的少女已确定是自杀，因为筒口清一的妹妹昨天发现了那少女留下的遗书，晚上送到了警察署。

由子感到一阵天旋地转，几乎跌倒在地，筒口清一的妹妹昨晚在警察署！"请问他妹妹是昨晚几点到警察署的？"由子急切地问。那律师想了想："大概七八点吧。"天！筒口清一的妹妹七八点就到了警察署，那个晚上九点多打电话来威胁要杀死我的女人又是谁呢？由子靠着墙，努力回忆那个在办公室恳求她的女子，短短的头发、小巧的个子，也是那狐狸一样细细的眼睛……啊，是她！一定是她！

由子立即跑进路边的电话亭，拨通了寿田家的电话。接电话的不是寿田，而是寿田的妻子：稻田芳子。由子一听那声音，就明白那打电话的女人就是她。于是，由子愤愤地问："你就是那个要杀死我的人吗？""那你就是那位院长喽！你在哪儿打电话？""警察署门口！""呵呵，你到底去作证了，开始尝到苦果了吧？"那女人在电话里放声大笑："我就是要报复你，是你抢走了我丈夫的心，破坏了我和睦的家庭，我想到死，幸亏我妹妹劝阻了我……"那女人歇了口气，又接着说，"是老天给了我机会，你不知道寿田是个胆小怕事的人吧？上星期六晚上，他看过新闻后便惶恐不安，我一追问，他就都说了。于是我就和妹妹商量好，她去医院恳求你，我就连夜三番五次地给你打电话……"

由子不等她说完，就慌忙丢下话筒，失魂落魄地跑到街上找出租车，她要尽快去筒口清一妹妹的家，因为今天清晨，她用两瓶有毒药的牛奶换下了她家门口乳品箱里的鲜奶，她必须立刻去取回来。

汽车在飞快地奔驰，由子浑身都在颤抖，仿佛整个世界都在旋转，她觉得自己的身体正在向一个毁灭的深渊沉下去、沉下去……

　　　　　　　　　　　　　（改编：余　弋）
　　　　　　　　　　　　　（题图：箭　中）

南方来客

牙买加是个旅游的好地方，特别是到了夏天，那些豪华的宾馆、饭店里，都住满了来自世界各地的游客。

"皇都"饭店是一流的场所，它有一个很大的花园，花园里有一个特别大的游泳池，池的四周放着不少漂亮的帆布躺椅，躺在椅上，可以看见四处一派亚热带情调的花草树木，那些高大的椰子树被风一吹，"劈劈啪啪"响个不停，隐在树叶下的，是一簇簇大大的棕色坚果。

这天黄昏，一个叫鲍尔的英国游客正躺在游泳池边上的椅子里，舒坦地喝着啤酒，他刚从池里爬上来，一块大浴巾散乱地盖在他的膝上，那啤酒很可口，鲍尔感到很惬意。

这时，一个三十多岁的矮个子走了过来，他戴着一顶米黄色的巴拿马草帽,他每跨一步,都踮起了脚尖,这样就可使自己的头昂得稍稍高些,显得很有风度。

矮个子走到了鲍尔的身旁,彬彬有礼地问:"对不起,我可以坐在这儿吗?"

"当然可以,请坐吧!"

矮个子在鲍尔身旁的躺椅上坐下,兴致勃勃地和鲍尔聊了起来。正说着,一个英俊的小伙子从游泳池里爬了上来,他朝四处张望了一下,便朝鲍尔他们走了过来,走到面前,挺有礼貌地问道:"这些椅子有人坐吗?"

鲍尔很热情地回答:"没有,请坐吧。"

小伙子道了谢,从捏在手中的干毛巾里掏出一包香烟和一个打火机,他递给鲍尔和矮个子每人一支烟,又笑容可掬地对矮个子说:"来,我给您点火。"

矮个子说:"这东西在风里点不着。"

小伙子自信地说:"放心,准能点着,它从不出错,至少在我手里没有出过洋相。"

"请等等。"矮个子把夹香烟的手高高举起,似乎要用这手去点燃炸毁国会大厦的炸药导火线,他的说话声轻轻的,显得呆板而古怪:"我们要不要打个小小的赌,看看这只打火机是不是像你说的那样管用?"

"可以,为什么不呢?""你爱打赌?""没错,随时奉陪。"

那矮个子听小伙子说愿意"奉陪",显得极为高兴,连眼睛都放出了异样的光,"告诉你,我太喜欢打赌了……听我说,一会儿到我的房间里去赌,那里吹不进一点儿风。饭店外面,停着我的一辆名牌轿车——卡迪莱克……"

小伙子笑得喘不过气来："我可拿不出这么贵重的东西和你打赌，要赌最多一美元！"

"你真傻，这赌对你有利呀，你想想，房间里没有一点风，你这打火机在风中都能打着，又从来没有出过差错，我只要你打十次，你就可以得到一辆名牌轿车……"

"那……那我拿什么做赌注呢？"

矮个子诡谲地一笑："那东西你身上有。"

"什么？"

"左手的小指头。"

小伙子顿时收起了笑容："我没懂你的意思，我这小手指……"

矮个子语调轻松地说："你如果输了，我就把它砍下来。"

小伙子吓得脸色苍白，身子直打颤："天哪，你疯了……"

矮个子悠然地向椅背上靠去："哦，我真不明白，你说那打火机挺管用，可又不愿打赌，那么，就让我们把这事忘了吧。"

矮个子和小伙子说这番话的时候，鲍尔一直在静静地听着，他觉得打赌挺有趣，可用手指头做赌注，那太残酷了。

小伙子坐在那儿一动不动，突然，他把自己那支烟衔在嘴里，一只手围拢成一个圈儿，护着打火机，一只手拨动了转轮，"嚓"，油芯立即点着了火，一朵蓝色火焰笔直地燃着……小伙子一次一次地试着，看得出来，他心里的那股紧张，显然在越来越厉害。

突然，小伙子霍地转向矮个子："现在让我核对一下你提出的这场赌赛的有关细节，你说，我们一同去你的房间，如果我用这只打火机接连十次点着火，我就赢得一辆卡迪莱克；只要有一次失败，我就让你砍下我那个左手上的小指头，是这么回事吗？""当然是。"

小伙子斩钉截铁地厉声说道:"我愿意奉陪!"

一场触目惊心的赌赛即将开始,矮个子请鲍尔当裁判,小伙子和鲍尔跟着矮个子,走进了一套豪华的大房间。

矮个子按响了铃,叫来了一个黑人侍女,掏出一张一镑的钞票递给她:"听着,这钱给你,我们打算在这里玩一个小小的游戏,你去拿三件东西来:一些铁钉,一把榔头,一把厨师用来剁肉的刀……"

侍女瞪大了眼睛:"剁肉用的刀?""对,你现在就去办!"

侍女走后没多久,便把东西拿来了:钉子、榔头、一把剁肉刀!

矮个子让侍女出去,又让两人帮忙把一张桌子挪到中央,随即取来铁钉,用榔头把钉子钉进桌子,露出一半,"请过来吧,"矮个子对小伙子说,"现在把你的左手放在两枚钉子的中间……对,很好。"矮个子用绳子绕着钉子,绑住了小伙子的手腕、手掌,当他干完这一切,小伙子再也无法挣脱了。桌子的一边,放着那辆车的钥匙,在众人的注视下熠熠生辉。

矮个子用一种怪异的目光看着桌面,像是在欣赏着什么:"请你握紧拳头,伸出那只小手指,对,把它平放在桌面上……好极了,慢,请稍稍等一下。"矮个子又伸过手去,抓起了那把剁肉刀,在桌边站定,"裁判先生,您得宣布开始了。"

这当口,矮个子举起了剁肉刀,悬在小伙子手指上方大约二英尺的地方,跃跃欲试,随时准备一刀砍下;小伙子神色紧张地盯着剁肉刀,右手举起了打火机……

鲍尔宣布:"赌赛开始!"

小伙子用右手大拇指打开了打火机的顶盖,又迅速而有力地拨了一下转轮,"嚓",火石顿时爆出了火花,油芯燃起了火苗,燃成了一朵小小的火焰。

"一次。"鲍尔大声叫道,他瞟了一眼矮个子,矮个子的脸色出奇的平静。

小伙子没有吹灭那火焰,而是关上打火机的顶盖后把火熄灭,大约等了五秒钟,他又打了第二次,"嚓",又燃起了一朵小小的火焰。

"两次。"

谁都不说话,小伙子的眼睛死死地盯着他的打火机,矮个子则把剁肉刀高高举着……

"三次","四次","五次","六次"……

显然,小伙子这打火机很好使,火石能打出巨大的火花,而油芯的长度也恰到好处。鲍尔的脸色很轻松,而小伙子依然神色紧张地盯着那打火机……

"九次……"

鲍尔话音刚落,"砰"的一声,房门突然打开,大家回头一看,门口站着一个长着黑发的矮小女人,她在那儿大约站了两秒钟,立刻冲上前来大叫:"卡洛斯!卡洛斯……"

那女人扑上前来,一把抓住矮个子的手腕,夺过了那把剁肉刀,扔在地上,又抓住矮个子的衣领,激烈地摇晃着他的身子,似乎要把一个醉糊涂了的酒鬼摇醒,同时用一种听上去像西班牙话的语言,急急地大声嚷个不停。

女人渐渐摇累了,她大口大口地喘着气,随手把矮个子推倒在床上。"我很抱歉,竟然发生了这样的事。"女人说着一口纯正的英语,用歉疚的语气对在座的两个人说,"这全怪我,我去洗头,只离开他十多分钟,他却又在干这种勾当了!"

小伙子把手从桌子上松开,看着那女人,满脸疑云,鲍尔也是满腹狐疑，目光怔怔的。

女人脸色忧郁，慢慢道来："他是我丈夫，我们从南方来。他简直是个害人精呀，他在我们原来住的地方，一共弄到了四十七只手指……""什么？"大家全都大吃一惊。

"他以收藏手指为癖，为此，他输掉了十一辆轿车。那里的人恨极了，要把他弄到什么地方关起来，没办法，我才把他从南方带到这儿来。"

小伙子和鲍尔像是在听天方夜谭，目瞪口呆，脸露惊悸之色。

女人走到小伙子面前，说："我猜他下的赌注一定是辆轿车。"

"是的，一辆卡迪莱克。"

矮个子垂头丧气地坐在床头，嘟囔着："不过是打了个小赌……"

女人没有理睬她那不可思议的丈夫，她告诉小伙子："他自己已经没有什么轿车了，那车是我的。他在这个世界上已经一无所有，事实上，很久以前，我就亲自把他的东西一件一件地赢到我的手里，这得花不少时间，而且十分艰难，但到最后，我终于全把它们赢到手了……"

女人长长地叹了一口气，抬起头，望着小伙子和鲍尔，微微地笑了，笑得有点哀伤，她走到桌边，伸出一只手，从桌上拿过了那辆轿车的钥匙。

这一瞬间，小伙子和鲍尔惊愕得倒吸了一口冷气，女人的那只手，只剩下一个小指头和一个大拇指！

（编写：夏 尧）
（题图：箭 中）

一头怪异的猪

难道我真的喝多了

对于猪,大家都熟悉,即使城里人,现在也有养宠物猪的,但是,我们这故事里的这头猪实在有点怪异,不说别的,它的出生就非同寻常!

这年入夏的一天,风狂雨骤,雷鸣电闪,突然间,一道眩目的闪电如同一条金蛇从天而降,"咔啦啦"一阵响亮,不偏不倚,击中了一个养猪专业户的猪舍。猪舍内的一头母猪正临产,恰恰就在雷电击中猪舍的瞬间,第一头猪仔降生了。母猪随即七窍出血,当场死亡,不知是被雷电击死的还是被震死的,其余没有出生的猪仔也都胎死腹中。可奇就奇在,已出生落地的那头小猪仔竟然完好无损!

这头小猪仔成了没娘的孤儿，养猪专业户将它"托孤"给另外一头母猪喂养，一个月后，它的"奶妈"也不明不白死了，有人说是天蓬元帅猪八戒脱胎转世。那个养猪专业户觉得这头猪仔是不祥之物，要将它丢弃，巧的是那天家里正来了个作客的亲戚，叫古董董，他就讨下了小猪仔，带回河阳县城家中。半个月后，古董董说自家所在的小区内不允许养猪，就把小猪仔交给了另一个人代养。

这人叫老杨头，是一个建材仓库的守门人。建材仓库位于城郊，很大，废弃多年，把猪仔丢在里面放养，野生野长，确实是个好主意。古董董许诺：一年后宰掉，一人一半，他自己只要左半边，右半边和下水什么的都归老杨头，他还说："我听人讲，遭雷击的猪，没被烧焦的肉对高血压有疗效呢！"

老杨头不相信没根没据的传言，也不指望猪肉能治疗高血压病，但这头猪他是拿定主意收养了。这是一头小公猪，浑身雪白，胖乎乎的，十分可爱，只是左后腿有点瘸，古董董说那是在自己家时偶然摔的。老杨头给这头猪仔取名叫"白跛子"，独占库区最深处的一栋破房子作窝，老杨头每晚在库区巡视时，都要顺便看看"白跛子"，然后才放心睡觉。

这天夜里，老杨头喝了几杯老白干后照例又去巡视。建材仓库院子的围墙近三米高，上面还插有碎玻璃，小偷翻墙进来盗窃那些破烂的可能性不大，但老杨头这人敬业，不巡视一圈难以入睡。冬天的西北风吹得正紧，四周一片黑暗，仓库内早就不供电了，就连老杨头住的门卫房也是点蜡烛照明。

老杨头醉醺醺地走了一段路，他发现手电筒电不足了，光亮微弱，但老杨头没有返回更换电池，因为他对库区环境太熟悉了，闭着眼睛走一圈也没关系。一会儿走近仓库最深处的一栋破房子时，老杨头站住了，

"白跛子"就住在这里。算来已有半年光景,该有一百多斤了,老杨头每次巡视过来,"白跛子"就会"哼哼唧唧"地走出窝来,好像是致辞寒暄。可是,这天夜里"白跛子"没有迎出来,也没有听到它的声音。

这家伙该不是病了?老杨头按亮手电筒,凭着那么一点微弱的光亮,走进了猪舍,四处一扫视,竟然没见"白跛子"。老杨头又猫着腰走近铺着杂草的猪窝,就在这一刻,老杨头吓得胆战心惊,魂飞魄散:杂草窝里端端正正地坐着一个人!虽然手电的光亮十分微弱,看不清对方的面孔,但那实实在在是一个人的轮廓,老杨头顿时起了一身鸡皮疙瘩!

老杨头不迷信鬼神,对"白跛子"的非凡经历和传言并不介意,但此刻猛然间不见了猪,却看见一个人端坐在猪窝里,再联想到人们关于"白跛子"的传言,老杨头这才吓坏了:难道这家伙真的成精作怪,变成人形了?老杨头悄悄往门口退,颤抖着问:"你,你是……"

对方在黑暗中沉默着,像死了一样,就在老杨头将要退到门口时,猪窝里突然响起了一阵让人毛骨悚然的怪笑声,老杨头魂都吓飞了,他撒开腿,跌跌撞撞地逃回了门卫房。门卫房里有一部电话,老杨头马上拨打了110,说仓库里面有鬼。警察很快赶到,可警察到现场一看,只有一头猪在猪舍外"呼噜呼噜"地大睡,哪有什么鬼?

要在往常,"白跛子"见到老杨头就会"哼哼唧唧"叫个不停,可这时却像死了一般酣睡着,警察用脚踢它也没踢醒,并且这家伙没有睡在猪窝里,而是睡在猪舍外的碎砖瓦砾上!

警察深更半夜赶到这里,没发现什么异常情况,便一肚子不高兴:"你不是说有鬼吗?鬼在哪里?"

老杨头再三解释,还连连赔不是,才算把警察送走。老杨头寻思道:"难道我真的喝多了,眼花了?"

撞见了一个黑衣人

警察离开后,老杨头仍然心有余悸,怎么也不敢闭上眼睡觉,天快亮时才合上眼。一觉醒来,已是中午两点,老杨头六十多岁了,还有严重的高血压病,经夜里这么一折腾,下床后觉得头晕眼花,饭也没吃就去看医生。

那医生姓黄,外号"黄胡子",是一个开个体诊所的中医,老杨头常去他那里看病。黄胡子既是医生,也是神汉、算命先生,有的人上门求医,他望闻问切,很有两下子;有的人上门问事,他则故弄玄虚,说是中邪了,着魔了,用些歪招骗人钱财,不过,黄胡子收费低于正规医院,因此上门的人不少。

那家诊所设在县城内一条偏僻的小胡同里,老杨头走进诊所时正好没有别的病人,他撸起袖子让黄胡子把脉,黄胡子却一把推开他的胳膊:"老杨头啊,我看你印堂发暗,两眼无光,恐怕不单单是血压高的小毛病呀!"

老杨头问有啥大毛病,黄胡子说他十有八九是中邪了,弄不好会有大难临头,老杨头半信半疑,黄胡子就写了一个字,老杨头一看这字顿时吓得脸都白了——这是一个"猪"字!

老杨头说了昨天夜里发生的怪事,黄胡子慢条斯理地说了起来:"你也不想想,那头猪的来历极不一般,有人说它是天蓬元帅转世,这话不可全信也不可不信哪!"

老杨头傻了,黄胡子接着又说:"当初别人谁都不敢养这猪,而你却把它养在仓库内,昨天夜里的事就是凶兆啊!"

老杨头紧张得喘不过气来:"你说我该怎么办?把猪赶出仓库?"

黄胡子沉默了,掐指算了起来,过了好久,他才开了口:"若是赶出仓库,你的罪孽更大!那猪只能恭恭敬敬地送给别人,而且要送给姓'高'的人为好。"

老杨头问为啥要送给姓高的人,黄胡子掐指算了半天,说道:"天机不可泄漏,只能给你老兄开个玩笑,你看过《西游记》吧?天蓬元帅猪八戒,最想去的地方就是高老庄啊!"

姓高的人不难寻找,有个小伙子就姓高,最初他和老杨头一同看守建材仓库,他还有个外号叫"高混混"。

五个月前,高混混辞掉了这份收入很低的工作,干起了贩卖生猪的行当。老杨头有意把"白跛子"送给高混混,可是转念想道:"白跛子"是古董董寄养在仓库里的,送人应该征得古董董同意才是。于是,他离开黄胡子的诊所后便动身去找古董董,这时,天阴得像要塌下来,开始下雪了。

老杨头和古董董只能算是认识,他们都患有高血压,最初是在黄胡子的诊所认识的病友,老杨头只晓得他是县城摆地摊的小贩,平时卖卖古钱币什么的,住在西园街的一条胡同里,但不知道住哪一栋房子,更不知道他家的电话号码。

走到古董董居住的胡同口,已经是吃晚饭的时间了,老杨头怕给人家添麻烦,就在一个小饭店填了肚子。他原打算买个手电筒,途中遇到没路灯的地方照明用,可附近的小商店里没有手电筒卖,他只好买了个打火机将就。打火机一元钱一个,而老杨头随身没零钱,就随便又买了一挂鞭炮和两打"钻天猴",他打算过后在仓库院子里放一通鞭炮,驱驱邪。老杨头用塑料袋将鞭炮和"钻天猴"包裹严实,塞进怀里后,便走进胡同去找古董董。

这时已是晚上七点,雪渐渐下大了,昏暗的路灯下,胡同内风雪迷离。大概是天寒地冻、刮风下雪的缘故,胡同内很难见到一个行人,偶尔遇到一个,也是来去匆匆,对老杨头的询问爱理不理。

就在老杨头不知该到哪里去找古董董时,迎面走来一个裹着黑雨衣的人,老杨头像见了救星,赶忙迎上去打听,"黑雨衣"收住脚,干咳了一声,说:"你问摆地摊,卖古玩古钱币的古董董吧?我和他是老熟人,刚才我还在他家喝酒呢!

"黑雨衣"要老杨头沿着这条胡同继续往里面走。走二百米左右,路左边就是古董董的独门独户小院子,院子的门牌号是233。"黑雨衣"又补充说:"古董董过于谨慎小心,晚上有人敲门,看不清对方他是不理会的,喊破嗓子都没用。"至于原因嘛,"黑雨衣"说古董董家院门上的猫眼是自制的平面镜,看远不看近。老杨头问古董董不开门怎么办,"黑雨衣"说:"他不开门时,你就照直往后退五步,然后再喊,他就会开门的。"

老杨头谢过"黑雨衣"后继续找,好不容易寻到了"黑雨衣"所说的那个独门独院。这一带不仅没有路灯,附近也没见什么住户,他用打火机一照,门牌还真是233,于是就一边敲门一边喊,而院子里却没有任何动静,老杨头便按"黑雨衣"说的,照直往后退,一步,两步,三步,刚退到第三步时,突然一脚踏空,说时迟那时快,老杨头猝不及防,惊叫着跌进了一口被偷去了盖子的窨井里!

窨井有两米多深,好在下面是没膝的烂泥浆,否则,老杨头非被摔个半死不可。身体没伤着,但是跌进窨井里的老杨头可出不来了,回过神后,老杨头开始自救。可是,任凭他怎么挣扎,两手也够不到井口,无奈,他开始呼救,喊了一个多小时,嗓子都喊哑了,但窨井上面除了风声呼啸,半点人声也没有!

这时候的老杨头心慌了：在这风雪交加的寒夜里，在冰冷的烂泥浆里站着，能撑得了一夜？

求生的欲望使老杨头镇静了下来，突然，他想到了打火机，想到了怀里的鞭炮和"钻天猴"，他欣喜若狂，拿出打火机，鞭炮点燃了，被老杨头甩出了窨井，"噼里啪啦"炸响了。接着，他又逐个点燃那几个"钻天猴"，从窨井口一个一个飞向天空，那东西比鞭炮更厉害，"砰——砰——"那炸声响彻夜空……

毕竟这是个县城，此刻也不是太晚，也并非过年过节的，那些在雪地里淘气的孩子们听到声音找了过来，老杨头因此得救了！

施救的好心人告诉老杨头：这233号是古董董的家，但此刻屋子里黑咕隆咚的，看样子他不在家。老杨头想：古董董在哪里呢？

黑夜里传来了一声惊叫

已是夜里十一点了，老杨头冻得浑身发抖，他无心再找古董董，顶着风雪返回建材仓库。

一路上老杨头越想越感到蹊跷，接二连三发生的事太离奇了，如果说昨天夜里是自己酒喝多了，眼看花了，那么今天夜里遇到的那个穿黑雨衣的又是什么人？明明古董董不在家，他为什么要说刚才还在和古董董喝酒？为什么要使坏让我掉进窨井里？老杨头暗暗下了决心：不论能不能找到古董董，不论他答应不答应，这"白跛子"必须明天就送人，如果过后他追究，大不了赔他半头猪的钱，就是赔一头猪，也比这样提心吊胆强。

主意打定，老杨头的心里稍稍轻松了些，他在雪地里三步一滑，五步一跌,深一脚浅一脚地走到了仓库大门前,虽然仓库里没有电,但由于下了雪,地上的雪光把周围的景物映衬得很清楚,突然间,他发现仓库的大门外站着一个人!

夜这么深了,又天寒地冻的,谁吃饱了撑着,站在这没人烟的地方?老杨头远远地喝问道:"你是什么人?"

那人说话了:"你是不是老杨头?"

一听是古董董的声音,老杨头放心了,同时也来气了:"这么晚了,你一个人站在这里干什么?刚才我去找你……"

古董董说:"你别啰嗦了,我有要事向你交代。"

老杨头走上前去,问古董董什么事,古董董说:"今天下午有个小伙子到我家,说是要买'白跛子',起初他出价三百元,最后出价到一千元……"

老杨头心头一阵惊喜:"好啊,不论价钱高低,明天你就卖!"

古董董坚决不愿卖,他说:"我怕那小伙子过后找你纠缠,你说不准会答应他,这才连夜来找你。"

老杨头觉得古董董的想法难以理解:"白跛子"不过百十斤,按眼下市场价卖也就是三百元上下,可人家竟然开到了一千元的天价,为什么不卖?他正要发问,突然听到仓库深处传来了异常的声音,那是十分凄厉的人的惨叫声!

建材仓库内明明空无一人,大白天也很少有人进出,眼下已经是夜里十一点多了,里面怎么会有人在惨叫呢?老杨头惊得头皮发麻,接下来,惨叫声又变成了凄惨的呼救声:"救命啊……"

老杨头联想到昨天夜里猪窝里的人影,顷刻间哆嗦成一团:"我看,八成是'白跛子'成精作怪了……"

"'白跛子'?"古董董虽然也有点心虚,但他毕竟没经历老杨头那般的惊吓,胆子还没吓小,他一手拿了手电筒,一手拉着老杨头,猫着腰向仓库深处摸去。

循着呼救声,两人来到"白跛子"的猪舍附近,借着手电光一看,雪地上满是斑斑血迹,还有人的脚印和猪蹄印;再往前看,只见"白跛子"满嘴是血,正凶狠地追咬着一个人,它见老杨头走来,便停止了攻击,威风凛凛地站着。

那个被追咬的人倒在瓦砾堆上,双手捧着脑袋,大叫"救命",他全身的棉衣已经被撕得破烂不堪,鲜血淋漓,如果没人来救,非被咬死不可。这"白跛子"在仓库内野生野长,野性十足,平时它对老杨头俯首帖耳,对外人却凶得像头野猪。

这个受伤的人是谁?老杨头走近一看,竟是他原来的搭档,如今在贩猪的高混混!

高混混被猪咬得不轻,很快就昏厥了,这时,古董董对老杨头说:"今天下午缠着我要买猪的,就是这个小伙子!"

两人准备马上将高混混送医院,一看,旁边有辆人力车,老杨头估计是高混混踩来的,就和古董董一起把高混混抬到车上,急忙送往县城医院。

医生一看高混混满身是伤,要求马上办手续住院抢救,幸亏老杨头身上带着二千元,就作押金交了。住进病房后医生就来了,检查后说高混混不省人事的原因是失血性休克所致,输血后就会苏醒。他身上虽然伤痕累累,但没伤及筋骨,三五天就可以出院。

高混混输血后苏醒了,他见自己躺在医院的病床上,小伙子感动得眼圈发红,他主动说了自己不光彩的行径:他辞掉看护仓库的工作时,悄悄配了一把大铁门的钥匙，今天趁老杨头不在，开了大门进去，进去的目的是偷"白跛子"。老杨头指责道："你想买这头猪可以商量，怎能当贼？养猪的人家多的是，为什么偏要买这头还没长成的猪？"

高混混并没有正面回答老杨头的话，他沉默了很久，随即一声长叹："我伤成了这个样子，眼看到嘴的一块肥肉吃不成了！"

老杨头和古董董听高混混话里有话，就劝他说出实情，高混混吞吞吐吐了半天，这才说道："你们要先答应我一个条件——事成之后，咱们三人利益均分！"

老杨头和古董董都点了头，于是高混混透露了一个有关"白跛子"的秘密……

一个有关"白跛子"的秘密

河阳县归富田市管辖，两天前高混混到富田市贩猪，偶然看到当天富田市晚报上登载了一条消息，说是该市一所幼儿园发生火灾，一个幼儿教师为救儿童被烧成重伤，在市医院抢救。那教师身上大面积深度烧伤，随时都有可能造成急性肾功能衰竭而死亡，有效的治疗措施是在两天内做植皮手术，但一次性找到这么多人皮不可能，唯一的方案是采取用猪皮临时代替人皮来做手术。

适用于手术用皮的猪必须具备以下条件：年龄半岁，体量六十公斤左右，全身白色，纯粹是吃自然饲料长大，没有交配过，而且是公猪，市医院出价三万元，购买一头符合条件的猪。

世上的猪多的是，肥头大耳，脑满肠肥，白白胖胖，壮壮实实。但是完全符合条件、特别是纯粹吃自然饲料长大的猪，实在是凤毛麟角。

高混混看过报纸后,突然想到自己离开仓库前,古董董曾寄养一头猪在库区内,料定那恐怕是唯一一头符合条件的猪,便打起了"白跛子"的主意。

高混混接着说:"我已经打电话问过,市医院至今没有找到符合条件的猪,明天是最后期限,你们把'白跛子'送过去,就可得到三万元现金!"

听了高混混的介绍,老杨头和古董董想到每人能白捡一万元,你看看我,我看看你,都感到惊奇,老杨头有点迟疑未决,原因是黄胡子曾经告诫过"白跛子"只能送人,高混混得知他犹豫的原因后,苦笑着说出了其中的秘密:黄胡子是高混混的舅舅,为了分文不花得到"白跛子",两人才演了这么一场吓唬老杨头的双簧。

老杨头得知真相后感到又可恨又可笑,直骂高混混"小兔崽子",卖"白跛子"的事他也就答应了。老杨头同意了,而古董董却反对:"猪是我寄养在仓库里的,我不同意谁也不能卖!"

老杨头一愣:"我说古董董,你是不是犯傻了?三万元一头猪,等于一斤猪肉卖三百元,这样的买卖你到哪儿找?"

古董董瞪了老杨头一眼:"说'白跛子'成精作怪,这话我不信,可是,有人说,用它的肉能根治高血压,这话我信,我还指望用'白跛子'的肉根治我的高血压呢!"

"道听途说的话你也信?"老杨头的情绪激动了起来,"那个教师是为救娃娃受的伤,人命关天,我们总不能见死不救吧?"

躺在病床上的高混混说:"医院要的仅仅是猪皮,猪肉还归卖主。"

话说到这份上,古董董竟然还是一口咬死:不卖!

猪窝里坐着一个人的恐怖景象,依然难以从老杨头心里抹去,他实在不愿再代养"白跛子"了,而且,一个见义勇为的好教师正等着"白跛子"救命呢!老杨头为人从来是一团和气的,但这时他也发毛了,和古董董吵起来:"医院只要猪皮不要猪肉,你为什么还不卖?"

古董董脸红脖子粗地嚷着:"'白跛子'才六个月,没长成,肉还达不到根治高血压的疗效。"

这时天已大亮,病房不是吵架的地方,护士进来,把老杨头和古董董请到了外面,两人继续吵。

高混混急于想卖猪,好挣钱付医疗费,眼见这桩买卖做不成,他急眼了,便用手机给市医院打电话,说河阳县有头符合条件的猪,但是有人硬是不让卖。市医院那边很急,便问那个不让卖的人叫什么,是个什么样的人,他们想通过合适的方式做做工作。

高混混打完手机不久,电话又打了过来,这回不是市医院打的,而是古董董的儿子,古董董的儿子在市里工作,那个救人的教师就是他未来的丈母娘,你说巧不巧?儿子让老爸接手机,甩出了一句狠话:"你要是不同意卖猪,我就不认你这个爸了!"听了儿子的话,古董董抱着脑袋蹲到了地上,唉声叹气地说:"那,那就卖吧……"谢天谢地,这笔买卖终于可以散了!

高混混有伤在身,不能坐长途车,老杨头捉了"白跛子"后,便和古董董一道,租车前往市医院送猪。经医院检查,"白跛子"完全符合手术要求,第二天,医院就把"白跛子"杀了,猪皮用于手术,猪肉则分成左右两半,由老杨头和古董董带回。

古董董随身带了两个大塑料袋,一白一黑,他说要按照最初的君子协定,把猪的右半边和猪头,下水什么的装进白塑料袋,归老杨头;左半边装进黑塑料袋,归自己。就要装袋的时候,医院通知他和老杨头马上去结账取钱,古董董就让儿子按他的吩咐,将猪肉分袋装好。

古董董和老杨头结账取钱很顺利,回来时见两个塑料袋已装好,还扎紧了口,便各自带上自己的一份,乘车回家。三万元按约定,他们两人各得一万,剩下的一万由老杨头交给高混混,事情就算了结了。

傍晚时分回到河阳县,两人各自打道回府。

老杨头回到住所后,打开白色塑料袋,看着半边猪和下水,开始犯愁了:猪窝里坐着一个人的恐怖景象,依然难从心里抹去,他不敢吃"白跛子"的肉,可是,鲜嫩嫩的猪肉不吃,难道扔了不成?再说,按古董董的说法,这肉对高血压还有独特疗效呢!思来想去,老杨头打算把半边猪肉分割成小块,先放进冰箱再说,主意已定,他当即操起刀子动手分割。

老杨头宰割到猪的后腿时,突然感到刀刃碰到了什么硬东西,那种"硬"的感觉不像骨头,而像是碰到了陶瓷、石头什么的,他细心地把猪肉割裂开来,一看,差点连眼珠子都要瞪出来了:猪肉里面竟然有一个白玉胸坠儿!

老杨头与众不同的结局

猪肉里面怎么会有一个白玉胸坠儿呢?就在老杨头惊诧不已时,古董董慌慌张张地赶来了,他说猪的左右两个半边搞错了。老杨头说:"一头猪劈开两边,能有什么不同?不过,倒也有点奇怪,这条猪后腿里面怎么会有个白玉胸坠儿?"

古董董把白玉胸坠儿抓在手里,左看看右看看,说:"这物件可能是我儿子的,他装肉时掉进袋子里了!"

老杨头说:"可这是我在剖开猪腿后发现的,那可是长在肉里的呀!"

"这么说来……"古董董神秘兮兮地说,"本来我还搞不清'白跛子'成精作怪的根由,现在我明白了——那天,猪在下崽时,那道闪电射到它身上,雷电之精华聚成了这白玉胸坠儿,不祥之物呀!"

老杨头皱起了眉头:"照你这么说,近来接二连三出的怪事,都是这物件在作怪?"

"十有八九是这样!"古董董转身就往外走,"我这就出去把它扔了,逢凶化吉!"

老杨头说:"扔得越远越好!这半边猪,还有那些下水什么的我都不要了,你一起拿走。"

其实,那白玉胸坠儿并非不祥之物,而是古董董亲自做"手术",埋在"白跛子"后腿里面的,事情是这样的:一年前,有个文物贩子找到古董董,欲出十万元购买一个白玉胸坠儿,其质地必须是"血玉"。所谓"血玉",就是随葬入土的玉器,经过上千年人血及人体组织的浸润,内部出现了细微的血丝。民间传说,这种很罕见的玉器具有辟邪功能。贩卖假冒出土文物的行内高手告诉古董董:真正的"血玉"十分难得,但伪造并不难,将上等玉器埋在猪、羊等动物体内,靠活血浸润,只要一年,玉器内便可能出现细微的血丝,便可冒充出土"血玉"。于是,古董董便在那只带回家的猪仔身上做试验,割开其左后腿,将一个白玉胸坠儿埋进去,然后缝合伤口,放在家里喂养,但他家住在三楼,养猪又脏又臭,只好将成了跛子的猪仔交给老杨头代养。因养殖时间仅六个多月,白玉胸坠儿变成"血玉"的时间不到,古董董才坚持反对卖猪。后来在儿子干预下,他才被迫答应卖猪,并打算从猪腿中取出白玉胸坠儿,过后重做试验。

市医院将"白跛子"宰杀后,古董董明确要求猪肉的左半边归自己,因为左半边的猪腿里"藏"着白玉胸坠儿呢,但他儿子不知道,他儿子在装袋时见旁边有个磅,就把左右两半边猪肉分别放到磅上称,发现右半边多,左半边少,他觉得老杨头已经多得了猪头和下水什么的,占了便宜,便将猪的左半边装进白塑料袋,给了老杨头,这么一来,鬼使神差,他老爹的心肝宝贝就白白送给老杨头了!

古董董说要"扔"白玉胸坠儿时,高混混搭出租车赶来了,他知道老杨头和古董董已将卖猪款带了回来,怕夜长梦多,尽管腿上、手臂上还裹着纱布,他还是偷偷溜出医院,赶来取他的一万元。

高混混得到了一万元钱,又见老杨头住处放了这么多肉,便说该庆贺庆贺合作成功,提议在这里喝酒吃肉聚一聚,古董董表示赞同,而老杨头却反对:"聚一聚可以,但这猪肉我可不敢吃。"

为什么?因为猪窝里坐着一个人的可怕情景依然难以从老杨头心里抹去,他把这缘故一说,高混混不好意思地笑了,说这一切都是自己捣的鬼,"黑雨衣"其实就是高混混。当天下午,和古董董谈买卖没有成功,他还是不甘心,吃过晚饭后再次上门,不料古董董没在家,回来的路上正巧遇到老杨头问路,由于风雪迷离,路灯昏暗,老杨头没认出是高混混,高混混就假装热情,哄骗老杨头,还让老杨头掉进了窨井,目的是为他进入仓库偷猪赢得时间。"白跛子"的成精作怪就更荒唐:那天夜里,高混混沿着围墙外绕到仓库后面,朝猪窝方向扔了几个下了安眠药的菜包子,接着又趁老杨头不备,打开铁门潜入仓库行窃。他来到猪舍时,"白跛子"已"不省人事",可是因为没带运输工具,无法将猪偷运出去,正在犯愁时老杨头巡夜过来,他无处躲避,只能坐在猪窝里听天由命,不料歪打正着,反把老杨头吓跑了。第二天晚上,他备了人力车再次进入仓库行窃,没想到"白跛子"异常凶猛,见了高混混又是追又是咬……

高混混说完这一切,连连向老杨头赔罪,抬手不打笑脸人,老杨头骂了几句了事,同时,笼罩在他心头的疑云都已消退,他开心地说:"今天晚上,咱们就痛痛快快吃肉喝酒!"

三个人大杯喝酒,大块吃肉,十分尽兴。老杨头旧话重提,对古董董说:"你说吃了'白跛子'的肉能根治高血压,今晚上咱们就多吃些试试。"

古董董明知道这话是自己胡诌的,但他还想掩饰:"'白跛子'没长到一年,疗效还达不到,不过,作用肯定是有的!"

酒至酣时,古董董外出方便,出门不久,突然在外面惨叫起来,之后就没有声息了。老杨头和高混混打着手电出去察看,只见古董董栽倒在地上,口吐白沫,翻着白眼,气息微弱,两人慌了手脚,急忙把古董董送往医院。经检查,古董董由于喝酒过度,血压突然升高,引起严重脑血栓,须住院抢救。

古董董的命最终还是保住了,但他因此成了同植物人差不多的废人,制售假冒出土文物成了他一个永远的梦;而高混混的亏也吃得不小,他被"白跛子"咬得不轻,得到的一万元钱连抵住院治疗费还不够,而且落了一身伤疤。

可奇怪的是:和古董董同样患有高血压、同样喝酒吃肉的老杨头,严重的高血压病竟然因此根除了,到底是什么原因,谁也说不清,看样子,"白跛子"还真是一头怪异的猪……

(尹全生)
(题图:杨宏富)

推开神秘世界的大门，等待着人们的会是什么……

探秘·险事
tanmi xianshi

神秘的阿奇花

这故事发生在二十世纪六十年代初,那时,吕奇和同窗好友马宁从医学院毕业后,为了支援边疆,一起来到云南边陲一个小镇的卫生院工作。

一天,吕奇找到一个傣族老乡作向导,打算冒险闯一趟"死亡谷"。"死亡谷"是一条峡谷,那里人迹罕至,灌木丛生,到处是猛兽毒虫、瘴气毒雾,更有那令人毛骨悚然的"十里沼泽"。不过,当地有个传说,说是那山谷中有一种花,名叫"阿奇花",此花能治百病,有人曾冒死入谷采摘,可谁也没能活着回来。传得玄乎,但吕奇那本祖传的药书上确有记载,他也早想采些回来研究研究。

这天,傣族老乡带着吕奇和马宁翻过两座山头,来到了那神秘的"死亡谷"。只见山谷两旁全是高耸入云的大山，谷中迷雾缭绕，幽静可怕。马宁望着山谷中密密匝匝的灌木荆棘，看看脚下没到膝盖的腐叶和奇臭的淤泥，真有点后悔不该一时冲动，来到这险象环生的凶险之地。

傣族老乡从腰间拔出一把开山刀，挥舞着砍开丛丛荆棘，吕奇居中，马宁手握猎枪断后，随时准备对付从灌木丛里蹿出来的野兽。

突然，前面的老乡惨叫了一声"哎呦"，一头栽倒在地。两人一惊，急忙上前，只见老乡左腿肚上有几个深深的牙印，伤口正不停地往外渗着鲜血。

"是毒蛇咬的。"马宁说着打开药箱，取出一瓶蛇药，给老乡治疗起来。

吕奇盯着老乡的脸，担忧地问："你看见那条蛇了吗？"

"看见了，好像是一条墨绿色的蛇。"

"阿奇花蛇！"吕奇脸上顿时阴沉起来：他知道这种墨绿色的小蛇，常在阴暗潮湿的峡谷、沼泽地活动，因它爱吃阿奇花而得名。奇怪的是，阿奇花本身无毒，可一旦被这种蛇吞下，和蛇体内的毒素混合，就能变成一种奇毒无比的剧毒，如果这时蛇咬了人，毒素很快随血液侵入全身，皮肤变成墨绿色，浑身有如抽筋刮骨般疼痛，侵入心脏后必死无疑，一般蛇药根本无效。

马宁惊恐地问道："这么说，被这种蛇咬伤后只有死路一条么？"

"据药书上讲，只需几瓣阿奇花，捣烂后拌上普通蛇药，外敷内服，片刻间就能治愈。"吕奇有些激动地说，"有这种蛇出没，就一定有阿奇花！我早已在研究这种花的神奇药性，并且已经组成一个治疗癌症的药方，如果能采到阿奇花，不仅老乡有救，而且我那神奇药方的成功也为期不远了！"

一听这里真有阿奇花，马宁也显得分外兴奋，当即自告奋勇开道探路，他挎着猎枪走在前，吕奇背着老乡，踩着脚印紧跟在后。沼泽地里坑坑洼洼，泥潭遍布，稍不留神陷入泥潭，一个活生生的人顷刻间就会被永远吞没！

眼看着已经在沼泽地里走了一半路，突然，吕奇眼睛一亮，只见不远处有一丛丛奇异的植物，茎、叶、花瓣全是墨绿色……

"阿奇花！"吕奇惊喜地叫了一声，跌跌撞撞地扑过去拔了几束，突然，一阵钻心的疼痛从手指间袭来，只见一条墨绿色的小蛇滑过指缝，一眨眼就没了踪影。"该死！"吕奇暗骂自己太粗心，转过头去冲着马宁喊道："快拿蛇药来，我被蛇咬了！"谁知马宁一听"蛇"字早吓得脸色蜡黄，浑身打颤，他翻了翻药箱，说："我真该死，药可能掉在刚才给老乡治伤的地方了……"

吕奇听了心直往下沉，光有花没有蛇药有什么用？看来老乡和自己都只有死路一条……他把手中一大把阿奇花交给了马宁："你把这花带回去，记住，我那药方放在一本《本草纲目》里，如果我毒发死去，你就代我完成那阿奇花的药方……"马宁十分感动地说："奇哥，你放心，就是我累倒了也要爬回来救你们！"马宁说完转身就走，消失在浓浓的迷雾中……

吕奇静静地躺在草地上，他隐约感到有无数支钢针刺进了他的血管，扎进了肌肉里，剧痛使得吕奇很难动弹，他索性闭上了双眼，等待死神的到来。不知过了多久，他隐约听到有人在叫着他的名字，睁眼一看，却是那位刚才昏迷不醒的老乡，只见他挣扎着用手指着胸口说道："吕大夫……我这里有一包我们傣家治蛇毒的土药……只够一个人用……你别……别管我，我把这把老骨头，早扔、晚扔、扔在哪里都一样，可我们这地方不能没有您呀……"

老乡很快气绝身亡，吕奇强忍悲痛，拼尽全力，爬到老乡身边，从他怀里掏出了那包蛇药，又采下几瓣阿奇花，捣烂后和蛇药拌匀，内服外敷，不久就觉得浑身伤痛全消，他没想到阿奇花的功效竟比想象中的还要神奇！吕奇在傣族老乡的遗体旁跪了下来，恭恭敬敬地磕了三个响头……

就在这时，幽静的峡谷中传来几声惨叫，吕奇一惊：莫不是马宁遇了险？他顾不上多想，转身奔去。

此刻，马宁正躺在草地上痛苦地号叫着，只见他的两条腿上布满了血淋淋的齿印，看这样子，不知有多少条阿奇蛇咬了他。"奇哥，快救……我……"马宁痛得浑身一个劲儿地抽搐着。吕奇绝望地摇摇头："没有药了，老乡把仅有的一包药给了我。"

"不！"马宁急得眼珠子都快要蹦出来了，"那瓶药还在药箱里……"

吕奇疑惑地问："你刚才不是说那瓶药丢了吗？"马宁涨红了脸，结结巴巴地说："是……是我骗了你……"吕奇听了不由一呆："骗我？这是为什么？"

马宁一脸愧色："我……我想独吞你的研究成果，奇哥，我该死，你就原谅我吧！"原来如此！马宁刚才谎称"找药"，其实是急于带着阿奇花回去找吕奇的药方！吕奇心中难受极了，万万没料到多年的同窗好友，竟会如此无情无义！

吕奇气愤极了，转身就走，可耳边响起了马宁的一阵阵哀叫声："奇哥，是我一时糊涂，看在多年兄弟的分上……"是呀，毕竟是多年的好兄弟啊，再说，即使他是陌路人，自己是医生，也该救死扶伤……

吕奇走了回来，问道："药在哪儿？"由于毒性厉害，马宁的手脚已经不能动弹，他只是用嘴朝旁边的草丛里努了努。吕奇走去一看，只见药箱里的药品摔了一地，那瓶蛇药滚在一边，近在咫尺，马宁竟无力去取！

吕奇倒出一些药末，和捣烂的阿奇花拌在一起，外敷内服，不多一会儿，马宁的脸色渐渐平静，慢慢地就可以坐起来了。

"奇哥，你最大的弱点就是心太软！"

吕奇听了这话不由一愣，抬起头来，只见马宁正举着猎枪对准了他的胸口！吕奇的胸口像要撕裂开来一样难受：这个能带来名利、地位的药方果然比兄弟情义还要重要！吕奇平静地闭上双眼，说道："开枪吧，好兄弟……"

"奇哥，不要恨我！"马宁咬了咬牙，狠了狠心，扣动了扳机……

"轰！"枪响了，可倒下的不是吕奇，而是马宁！吕奇睁眼一看，只见那支猎枪枪管被炸得稀烂，马宁倒在血泊之中。吕奇走上前去，拾起破枪一看，顿时明白了：这一路走来，猎枪管里已经塞满了淤泥，枪膛内的铁砂、火药打不出去，便把枪管炸裂了！

吕奇望着沼泽深处一丛丛阿奇花喃喃自语：神奇的阿奇花呀，你能给人类带来幸福吗？

（陈世勇）

（题图：张恩卫）

宝石中的宝石

这是发生在印度一个丛林小城中的故事。小城有一个远近闻名的护送队,名叫"澄海"护送队。它的主要业务是把珠宝护送到客人指定的地方。小城匪患猖獗,"澄海"就是在同形形色色的匪徒斗智斗勇中,渐渐有了名气。

"澄海"现在的当家人叫哈萨,他干护送任务三十多年,从未失过手,是当地一位响当当的人物。但是现在,哈萨身染重病,瘫痪在床,他把所有的希望都寄托在他的儿子伊沙万身上。伊沙万只有 25 岁,但他从 12 岁起就跟随父亲走南闯北,积累了丰富的护送经验,特别是他的易容术,更是让人叫绝,它可以化妆成各种人物,即使是熟悉他的人,也很难认出他来。

这一次,"澄海"接了一桩大买卖。一位丛林部落的酋长请求"澄海"护送队护送他的一件"宝石中的宝石"到他的部落中去。消息不胫而走:小城中的人对这件宝物众说纷纭,有的说是钻石,有的说是夜明珠……人们谈起这件"宝石中的宝石",也不禁谈起哈萨的病,对于伊沙万这位年轻人能否完成这项艰巨的任务,很多人表示怀疑,说弄不好"澄海"多年的名声就要毁在这桩买卖上。

外面的议论也传到了病卧在床的哈萨耳中,他心中很不平静,马上派人叫来伊沙万。哈萨屏退左右,屋里只剩下父子二人。哈萨把儿子叫到跟前,压低声音说:"听说这位酋长性情暴虐,凶残好杀,如果他的宝物有失,'澄海'很可能就此毁灭,而且,酋长爱他的宝物胜过性命,匪徒得到宝物,必会利用宝物要挟酋长,最后倒霉的还是部落的老百姓。现在全城只有我们两人见过那件宝物,一定不能让第三个人见到。可惜我得了这么重的病,要不……唉,这次任务,非同小可,儿子,全靠你了。"伊沙万神色凝重,郑重答道:"爸爸,您放心,我一定不辜负您的期望。"

第二天一早,伊沙万收拾行装,却发现自己的大象无精打采,原来是拉稀闹肚子。大象是当地人必不可少的运输工具,离了它,简直是寸步难行。伊沙万一见着了急,风风火火地赶到象队。原来"澄海"有自己的象队,原有的加上新买的,有七八头大象。伊沙万挑了好一会儿,才选中了一头,这头大象体格倒也健壮,只是在它右眼下方有一道刀疤,一直扯到嘴边,乍看上去,像是在笑。象队伙计看不过去,忍不住问:"主人,再挑别的大象吧。"伊沙万笑着说:"不,你看它不是在笑吗?就冲它的笑脸吧,讨个吉利。"

三天后的一个清晨,在人迹罕至的丛林小路上,出现了一个孤独的旅行者。他看上去四十多岁,一身当地人打扮,骑着一头大象,象背上还驮着一个木箱,这就是旅行者全部的家当。

旅行者悠然地走着,突然,随着一声呼哨,几名大汉从树丛中跳出,挡在前方小路上。"不好,遇上土匪了!"

旅行者一见忙拨转象头,身后却传出金属撞击声,回头望去,又有三四个持刀大汉站在路上。一个络腮胡子一挥手,几名匪徒"轰"地冲上来,不由分说就把旅行者拽下象鞍,旅行者哆哆嗦嗦道:"大人,我只是一个贫寒的旅行者,一无所有,求求您放我走吧!"匪首不加理会,又一挥手,喝令"搜!"——几名匪徒七手八脚把象背上的木箱扯落下来,粗暴地砍下箱上的铜锁,把箱中的东西一件件挑着看;又有几名匪徒把旅行者按倒在地,从头捏到脚,甚至连鞋子都不放过。结果,匪徒们在旅行者身上什么也没搜到,而在箱子里,除了一顶帐篷、几袋干粮和几块银币外,一无所获。

匪首站在旁边,一声不吭,忽然他拔刀在手,上前几步,一刀砍下象鞍,接着又"刷刷"几刀,把象鞍割成碎片,可是在象鞍中什么也没有发现。匪首怒视着旅行者,喝道:"滚!"旅行者爬过去收拾木箱,可是被匪首挥刀制止了,旅行者哭叫着:"没有这些东西,我怎么住宿啊!"匪首铁青着脸,从牙缝里挤出两个字:"快滚!"

旅行者失魂落魄地爬上光溜溜的象背,刚走了几步,匪首突然大喝一声:"站住!"旅行者惊讶地盯着匪首,匪首快步走向大象,嘻嘻一笑,轻拍着象头说:"好长的刀疤啊!"旅行者闻言身子一颤,匪首狞笑着说:"请下来吧,伊沙万先生。"旅行者身子又是一抖,但仍强作镇静地反问:"伊沙万是谁?"

"哈哈哈,"匪首发出一阵狂笑,"久闻你善于伪装,今日一见,果然名不虚传,要不是这头大象,我也险些被你瞒过。你叫伊沙万,是'澄海'

的继承人。这一次，你是负责运送'宝石中的宝石'，我还知道，"他盯着面色已经苍白的旅行者，眉飞色舞地说，"你挑了这头有刀疤的大象，是因为它看上去像是在笑，你想讨个吉利，对不对？"匪首狂笑着，突然一板脸，一拳头就把已经坐立不稳的旅行者捣下象背……

匪首绕着大象转了两圈，不时地摸这摸那，突然，他的手停在象颈处不动了，只见他从靴中抽出匕首，在象颈处轻轻撬动着，原来在象颈处缠绕着一圈铁丝，铁丝极细，又深陷在肉中，如不细心看，就很难发现。随着匪首手一挥，铁丝"啪"地掉落在地，在铁丝上还缠着什么东西，匪首拾起铁丝，慢慢解开，一个亮晶晶、有三指并拢粗细的小铁盒掉落在他的手中，此时，本来坐着的伊沙万闷哼一声，瘫倒在地。

匪首举起铁盒向上看着，这铁盒浑然一体，只有中间有一条细缝，早晨的阳光透过树叶射到细缝上，发出耀眼的光芒，匪徒们发出一阵狂呼。匪首把匕首伸进细缝，撬了撬，摇了摇头，就把铁盒塞进怀里，得意地望着瘫软在地的伊沙万说："我会有办法打开它的。你是不是很奇怪，我怎么会了解得那么详细？告诉你也无妨：我是用重金买通了你的一位伙计，不过你再也见不到他了。你这位伙计贪心太大，要价太高，我已经送他上西天啦。没想到吧，我的伊沙万先生，你自己化装很巧妙，可是一道刀疤就暴露了你的身份！"伊沙万垂头丧气，喃喃自语，又像是在呻吟："没想到，我会毁在一头大象手里，我的'澄海'会毁在一条刀疤上……"匪首一阵狂笑："年轻人，你没想到的事情多着呢！可你却没机会体验了，那位酋长大人会好好款待你的。"随着匪首一声呼哨，匪徒们迅速四散消失在丛林中，寂静的树林中，只剩下可怜的伊沙万和那头倒霉的大象。

第二天傍晚，满脸疲倦的伊沙万终于骑着大象来到了丛林部落。酋长用最隆重的仪式欢迎伊沙万,伊沙万戴上了酋长亲自献上的花环,酋长快步奔向那头大象,亲昵地抚摩着象身,不住地叫着:"我的宝贝,宝石中的宝石,你可回来啦!"部民们一阵阵欢呼……

原来,所谓"宝石中的宝石",居然就是那头大象。这头大象是酋长最心爱的坐骑,它跟随酋长征战多年,那道伤疤就是它战斗的记录。酋长对这头大象宠爱有加,昵称它为"宝石中的宝石"。前不久,"宝石中的宝石"突然患病,部落中的医生用尽各种办法也无济无事,酋长只好把大象送到城中救治,治好后,又委派有名的"澄海"护送,这才引出一段惊险经历。那么,被匪徒劫去的"宝物"又是什么呢?原来,那不过用铁盒密封起来的一颗玻璃珠。伊沙化装成旅游者,真真假假,虚虚实实,终于骗过了匪徒,用自己的才智,维护了父亲和"澄海"的荣誉!

(张　强)
(题图:箭　中)

深山遇险

八月的天气，不是烈日似火，便是暴雨如注，但长白山中高大的红松上，松塔儿却是一提溜一提溜地悄悄成熟了，数不清的采山人哪肯放过这个机会，争先恐后地进了山。

有个 17 岁的少年，名叫胡胜泉，在乡中学读二年级。胡胜泉的父母体弱多病，家中生活很艰苦，眼见得人们都进山捞实惠去了，胡胜泉如何呆得住？他带上干粮和工具，瞅准一个好天气，独自也进了山。

长白山山深林子大，贸然深入，极易迷路，所以采山人都成帮结伙，以便相互有个照应。可这胡胜泉却嫌人多虽然壮胆，但撞上点山货不够分，他情愿单帮，如果能找到一棵大红松，足够自己背的。别看他只有 17 岁，跑山也算得上是行家里手，这样独闯山林的事，在他已经不是第一回了，倒也从未有过半点闪失。

这回，胡胜泉的运气实在不坏。进山不到两小时，迎面就发现了一棵大红松，高耸入云，合抱粗细。浓郁的叶子间隐藏着一挂挂松塔，胡胜泉一估摸，这一树松塔够他背三趟，回家敲出松籽儿，足够支付一年的学杂费。胡胜泉喜出望外，解过了手，喝足了水，掏出脚蹬子和安全绳儿，把抓钩儿拿好，一憋气，"蹭蹭蹭"爬了上去。

红松的特点是长势挺拔，树干又粗，而且下半截无枝杈，攀爬者要一口气爬到有枝丫的地方稍息，那是相当不容易的，略一松懈，从十几米高处掉下来，不死必残。

此刻，胡胜泉已经攀到二十多米高的地方，他擦一把汗，赶紧将腰里的安全绳牢牢地系在树干上，然后就举起抓钩从容地对准松塔儿勾住，这端一扭，松塔就掰离树枝，掉到了地上。一下又一下，胡胜泉一口气掰下几百个松塔，累得衣服都湿透了。不过，他挺开心，看着满地的松塔儿，比原来预计的多得多，看样子除了交学杂费，还可以给家里添点儿什么。想到这里，胡胜泉浑身来了劲儿，他稍一喘息，恢复好体力，解开安全绳，便小心地一点一点往下滑。滑到距地面七八米高处，突然"呜——"的一声怪叫，树梢上刮来一阵狂风，这风好大好急，只吹得树叶翻卷破碎，枯枝断裂横飞。胡胜泉全身贴在树干上一动不敢动。采松塔儿最怕的就是遇上大风，稍不小心，不是被抛向高空，就是被甩成肉酱。几分钟之后，风势已弱，胡胜泉当机立断：扔下抓钩，抢时机接近地面。否则这风再起，后果不堪设想。

胡胜泉举起抓钩，正要往地上扔，却吓得"妈"的一声叫了起来。原来树下是一只花灿灿的东北虎，两只血红的眼睛正虎生生地瞪着他，这股大风就是这个兽王挟来的。那老虎见胡胜泉盯着它，便低低吼了一声,随后后退两步,"呼"地一下扑上来。乖乖,离胡胜泉只差两尺的距离,那又尖又长的虎爪,几乎要把胡胜泉的五脏六腑掏出来。

胡胜泉吓出一身冷汗,不知哪来的力气,他抓住树身,"噌噌噌"上跃了好几米,上面有一株粗大的树杈,胡胜泉把抓钩往上面一挂,为了与老虎对峙,他把安全绳又用上了。

老虎没扑着猎物,恼得又连吼数声,围着大红松转了好几圈,然后又是"呼"地一跃。好险,这次它跳得更高,若不赶紧往上爬,一定没命啦!

老虎也很狡猾,这一次没逮着,便去咬那棵大红松。那树合抱粗呢,当然又是徒劳,于是,它干脆在树下趴着不动,开始还瞪大眼睛往上瞅,后来,索性眯上眼在树下打起了盹儿。

老虎在树下等他,而胡胜泉想从树上逃生,也就只有这一条路。怎么办?慢说老虎不离开,就是离开了,他也不敢下去,鬼知道这兽王会不会佯装离开,而实际是在十几米外埋伏着呢?没办法,胡胜泉只能在树上僵持着。

这时,又一阵风吹过,风中夹杂着星星雨点洒落在胡胜泉的身上、脸上。他抬头看天,心里好恼:怎么老天偏也跟自己过不去?可是一看,不对,阳光正从树缝里透过呢,这雨……咦,怎么有臭味?他直感到胸口一阵阵恶心,顺着风势找雨源,目光向左上方一扫,"妈呀"一声,比刚才看到老虎还吓人!

原来,与大红松相邻,有一株合抱粗的大桦树,高低和大红松相差无几,桦树上一株大枝杈像一只手臂,伸向这棵大红松,尖梢处的叶片几乎就连着红松的叶子。就在这株桦树的大枝杈上,附着一条大蟒蛇,那黑花脖梗高高挺起,黑亮黑亮的大脑袋,两只不会转动的蛇眼死盯住胡胜泉,吐着尺多长的舌信子,那腥臭难闻的"雨滴",便是它的毒涎。

胡胜泉几乎绝望了，这条近在咫尺的大蟒蛇，比树下的老虎更可怕。你看，它几次想从枝杈上蹿到红松上来，都没有成功，于是便将身子盘起来，把尾巴甩到半空，"嗖嗖嗖"地向胡胜泉扫逼过来。胡胜泉恍然大悟，蛇是会缠人的，只要让它甩到了，那么他立刻便会被死死地缠住，怎么办？脚下兽王，头上大蟒，胡胜泉已全然没有了退路。

但是胡胜泉要想尽一切办法活下去！看着大蟒蛇颤悠悠的尾巴，他猛地想起挂在树上的抓钩。这家什儿是两截绑在一块儿、用来帮助采手够不着的松塔用的。胡胜泉把后一截抓钩解下，抓在手里，选择好角度，照准蛇尾用力一勾，与此同时，他自己迅速闪到树身的另一侧。

大蟒蛇的蛇尾被抓钩勾中，溅出一串污血，痛得它拼命抽动尾巴，把附近几棵树的枝杈都打断了。随后，蟒蛇将身子盘起来，掉转脑袋，任树杈压得嘎嘎作响，仍是不顾一切地向大红松靠近。

这时候，日头已近西山，胡胜泉心想：天一黑下来，对自己更不利啦，于是他沉住气，手里牢牢地握紧抓钩，随时准备一拼。他想，即使蟒蛇吞了他，他也要将这抓钩带进去，一命换一命吧。

蟒蛇又开始变换方式进攻了，这畜生试着将身子前探，蛇身离了树杈，高昂的蛇头离胡胜泉越来越近……说时迟，那是快，胡胜泉在蛇头接近他的一瞬间，紧握抓钩，用尽平生力气，照准蟒蛇的七寸就是死命一击。这一家伙击中要害，蟒蛇一半身子本已悬空，中了抓钩，尾部抓不住树丫，只听"哗啦啦"、"轰隆隆"一阵乱响，大蟒蛇摔到了地上。

大蟒蛇落地的声音惊动了候在红松树下的大老虎，别看它是个庞然大物，这时候却灵活得像一只猫儿，就在大蟒蛇落地的一刹那，它一跃而起，身子在空中优雅地翻了一个花儿，就势咬住蛇头，前后爪分别按住了大蟒蛇的身子。大蟒蛇狠命甩尾巴，但它的头已被虎王咬碎，身子抽搐了几下,便不动了,老虎把蟒蛇拖走了。

红松树上吓得死去活来的胡胜泉赶紧爬下来,令人惊奇的是,他回家时竟然没忘记背上一背篓松塔,尽管走在路上两条腿直打颤,可他毕竟用了比平时多一倍的时间,自己走回了家。他不住地给自己打气说:"我今天既然死不了,那么以后还会有什么样的事情能吓倒我呢?"

(顾文显)
(题图:张恩卫)

无名岛杀手

浩淼的太平洋上,"国泰号"货轮满载着运往非洲的中型拖拉机,已在航道上树叶似的漂浮了两日两夜。第三天骤然之间海浪涌起,卷起小山似的浪头。为了保证货轮的安全,船长决定把"国泰号"暂泊在邻近的一个小岛旁,并立即与有关部门联系,确认附近海底是否有地震。

船在小岛旁抛好锚链,船员们一个个从船舱里走出来,凭着舷栏眺望近在身旁的这座无名小岛。椰子树和香蕉长得茂密葱郁,呈现一派勃勃生机。船员们七嘴八舌表示要到岛上尽兴游览一番。

正在这时,有关部门回电,没有得到周围有大地震的信息。时间已经到了晌午,船长决定一面启航一面开饭,但这时发现,两位见习船员缪芸生和章云飞擅自离开了货船,到小岛上去了。

船长一听,又气又急,命令把汽笛拉响,把他俩呼唤回来!

"呜——呜——"汽笛歇斯底里叫了好一阵,不见人归来的踪影,连那艘小汽艇泊在何处也无法知道。船长心中一阵发怵——莫非出事了？他命令一边不断鸣笛，一边让船沿着小岛沙滩慢慢兜一圈，终于在沙滩尽头，发现了那艘汽艇系在一处岛石上，在海浪的怀抱里晃悠。货轮再次鸣笛，可汽艇仍是没有回应。船长只好命令货轮重新抛锚停下。

海风呼呼，白浪滔滔，"国泰号"在这无名小岛滞留两个小时了，船长他最后不得不答应两名号称"浪里白条"的船员套上救护圈，游到岛上探个究竟。船长告诉他们一定要胆大心细，随时和自己保持联系。

两个"浪里白条"游上岸后，趴在一块石头上向深处扫视，几乎在同时，他们发现不远处有一副死人的骨架，令人毛骨悚然。这一副骨架头颅四肢躯体俱全，手指和脚趾似乎都被截断，邻近尚散落着一些撕碎了的衣片，香蕉树丛里可见丝丝黑发。不过可以断定，这绝非今天失踪的两位船员的骨架，因为白骨已呈灰色，经风吹雨淋失去了新鲜感。然而也可以断定，这骨架的时间也不会太长，因为衣片尚未化作泥淖。从情况分析，岛上定有杀手，且杀手有点怪——剁肉不伤骨，却偏爱手指和脚趾。

他们用手势远远向船长请示，是否可以把小汽艇驾回来，船长用手势批准了他们的请示。不一会儿，他们驾着小汽艇劈波斩浪回到了货轮处。

人们急不可待围拢来，听完岛上所见情景的叙说后，都惊呆了：难道这小小的岛上有专食唐僧肉的白骨精？倘若有吃人的怪兽，绝不会只吃肉而留下完整的骨架；倘若是人与人之间厮杀，也不会掏尽五脏六腑又专取手指和脚趾。人们众说纷纭，猜测了一番，但都不了了之。不过，他们意识到两个年轻的见习船员缪芸生和章云飞处境险恶，得赶快组织队伍搜岛！

船长与大副商量决定：把货轮开到离岛最近处，然后挑选5名船员乘汽艇上岛去。既然发现岛上有尸体遗骨,就该从最坏处打算,作好一切准备。苦于没有枪弹之类的军事武器,各人就只能手执一些可以作为武器的物件,步步为营,随机应变。同时,轮船上汽笛长鸣,扩音器高声喊话,这样既作为与失踪人员的联络信号,又能为搜岛的队伍助威。

日头开始偏西,搜岛队一行五人,在汽笛和扩音器的呼喊声中上了小岛。

大家无暇赏玩岛上的景致,一面呼喊着缪芸生和章云飞的名字,一面搜索前进。他们发现香蕉林丛中有人践踏的痕迹,便喜出望外地沿着这痕迹往纵深寻找。突然,有名队员"哎呀"怪叫一声,猛惊之下,大家发现这名队员的脚脖子被一只猫样大的怪物咬上了,说时迟那时快,另一名队员手执一柄厨房铲煤用的铁铲子,狠命地砸了下去,那怪物"吱"的一声断了气。可是与此同时,又一名队员呼叫起来,竟然又一只怪物爬至肩上,咬住了他的耳朵。他死命地捏紧了这怪物的肚子,那怪物无奈松了口,挣脱手"呼"地跳去了数米远,被咬的耳朵鲜血淋漓。

"快逃!快逃!"有人果断地呼喊。

五个人齐刷刷逃下岛,钻进汽艇,急速离开海岸线。大家从舱窗里向岛上望去,只见香蕉叶到处在摇动,椰子树上刹那间有密密麻麻的怪物在上蹿下跳,比花果山上的小猴狲们还敏捷灵巧,乱成一气的"吱吱吱"的叫声十分骇人。这怪物不是别的,是大得如同猫儿一般的老鼠。这些鼠辈们的阎王爷竟然胆大如虎,不懂得什么叫做死亡,半点也不惧怕人类。它们活着时组成个同族异性的大家庭,尽情地繁衍后代,谁死了即成共同的美餐。又由于它们喜荤也喜素,岛上的香蕉和椰子就成了它们天然粮库。一旦岛上有不速之客光临,只要让它们碰上,这个独占乾坤的家族便结成一支英勇善战的队伍。它们个个头脑简单却奋不顾身，所以光临者往往是肉净骨留，有来无回。

汽艇回到了货轮边。"国泰号"数十名船员被震惊了，难道两人已葬身鼠腹？当务之急是要赶快冲上岛去，即使剩下了骨架子也得魂归故里呀！

大家研究了战鼠方案，最佳方案是用火攻。大家用柴油燃起火把，不失为一种战术，但在阵阵海风中有伤及自身的危险；将柴油胡乱地泼在岛上，燃起一座"火焰山"也可以，又生怕两名船员一旦活在岛上会遭误伤。最后决定：寻找小岛上一个合适口岸，架起两块跳板，以中型拖拉机替代"坦克"，备足浸透柴油的废纱团之类，冲上岛去，焚鼠群，捣鼠穴！

为找入口处，小汽艇出动了。

苍天有眼，就在小汽艇在中型拖拉机选择登岛地点的时候，一条海鲛被小汽艇撞昏了，拖上沙滩一看，有三米多长。船员们不约而同想出一个妙计——以海鲛为诱饵，管叫笨鼠能集到一块抢食，这样就便于"火攻"了。

海鲛被悄悄塞到一块空地上，不出所料，嗅觉灵敏的鼠辈很快就闻到了这浓浓的腥味。只听得"吱吱"声四起，仿佛在互传信息，接连不断的鼠群拼命爬到了海鲛的身上，一下子就堆成了一个坟墩状的肉堆子，把海鲛盖得严严实实。想必围攻活人也是这么个情景，让人见了惊骇而又恶心。

船员们没再启动中型拖拉机，而直接用防火喷水管在鼠堆周围的香蕉叶上以及鼠堆上喷足了柴油。烈火熊熊而起，四肢灵活头脑愚笨的小岛独裁者们的"吱吱"惨叫声，由尖厉发狂而渐渐低沉下去了。一大批船员身穿防暴风雨的橡胶衣作为护身,迅速开始搜岛,寻找缪芸生和章云飞的下落。为了万无一失,防止岛上再出现鼠群,他们没有分散活动。

不多会,他们发现前面有个山洞,不大,容得下两个人同时进出。他们没有轻易跨进去,只是憋足了力气向里喊:"喂——"

"哐啷啷!"突然里面响起了玻璃的破碎声。

里面有人!"喂喂——"群情振奋了,洞口喊声嘈杂。

里面真的有人,缪芸生就在里面!原来,缪芸生和章云飞看到船泊在小岛旁,一时三刻没有离走的意思,两人竟雅兴大发,驾着拖在货轮后尾的小汽艇,绕开沙滩,上了岛。上岛后,约好会面的时间,就分头走开了。

却说缪芸生走着走着,来到一个山洞口,满心好奇,就小心翼翼地走了进去,通过一段数米长的暗道,可见一缕射进的阳光。他来到亮处站定,往下一看,突然眼睛瞪得滚圆,心儿扑扑地乱跳。

底下是个铁锅状的石潭,四周的石面十分光滑,不像是天然的,明显看出有人为加工的成分。令人惊奇的是,这"锅底"里面聚着一堆闪光物,虽在洞中难以辨得分明,那闪光的轮廓足以看得出它是人世间才有的东西。一阵激奋,他顺着"锅沿"呼地滑到了"锅底"。

石潭里的这堆闪光物,是钳子、镊子、小框架之类的东西,最多的,是试管和瓶子之类的玻璃器皿。缪芸生把潭底翻了个透,没一件东西值得带走,大失所望地憋了一肚子闷气。没料到准备爬上石潭返程时,却傻了眼。

这"锅潭"虽不太深,滑下去绝对摔不坏腿。爬上来呢?即使你练就一身"壁虎功"也难成。缪芸生滑下去的时候,压根儿没有考虑等会儿爬上来的难处。尽管"锅潭"不满他一人半那么深,然而在失去他人相帮的情况下，这个潭子就如一口深不可测的陷阱。

"章云飞！快来救我哪——"缪芸生一遍又一遍呼喊起来。但慢慢地，缪芸生的嗓音沙哑了，发不出声音。他分明听到汽笛声和扩音器里的喊话声，可就是没有办法出去。他渐渐地有些绝望了。

就在此时，缪芸生听到了洞口的喊话声。他灵机一动，拼命把玻璃器皿往石潭上砸，以期引起外面人的注意。当他知道同事们已发现他时，他的心快要跳出胸腔了。他把玻璃镊子之类的东西一股脑往上甩，喉咙里拼命嗷嗷叫着，双脚直蹦。大家鱼贯着进了洞，刚到潭边，惊呼声骤然而起，有人急忙脱下胶衣代作绳子，毫不费劲就把落潭之人拉上来了，像迎接一位胜利归来的宇航员一般，热烈而又真挚的问候不断。接着大家就在七连八串的洞里转悠起来，忽见在一个洞中之洞内，有一张简易的陈旧不堪而又脏兮兮的搁几，上面堆着好多生了锈的实验用的小铁架，搁几下面堆有毛已蛀光的兔皮。旁边还有一本小册子，上面落满了灰尘。一处石壁上，有人用毛笔歪歪扭扭写着一句话："1945年8月14日永别此岛！"

为了尽快找到章云飞，大家急忙从洞里出来了。缪芸生说他俩一上岛就分手，但还记得他采撷香蕉的那个地方，说着就火急急领着大家奔去。

香蕉丛中，压倒了的萎蔫的叶子上可见粘糊的鲜血。章云飞倒下了，面目无可认辨，骨架子没散，两条腿骨之间和两个腋下，都夹着僵直了的死鼠，还有只死鼠的半个头颅被他紧紧地咬住，可以想见他与鼠搏斗时的壮烈情景。除了骨架的新鲜，那衣，那裤，那鞋，足以证明这就是章云飞，绝不会认错了冤魂！

船员们脱下几件胶衣包扎了遗骨和遗物，怀着切肤之痛回到货轮。

在这小小的无名岛上，还见到了另外两具早已发黑的骨架，其中一具的身旁横着一支已见锈斑的手枪。他们是海盗、走私者？还是同样的过路客？无论怎么说，都仅仅死于可悲的鼠口！

货轮在悲切幽咽的汽笛长鸣声中启锚开航了，人们翻着带出来的小册子，从沉思中醒悟过来：第二次世界大战期间，某国为了研制杀人的细菌武器，带着兔子和老鼠躲到这岛上来进行实验，并且将此岛作为长期的实验基地，他们在这里种了椰子树和香蕉。战争以该国投降而告终，历史决定他们只能撇下一切"永别了"。但由于这岛上生存的老鼠、兔子、椰子树和香蕉是无法构成生物链的，渐渐地，兔子被老鼠消灭，没有天敌的老鼠便在岛上恶性地繁殖起来。

夕阳西坠，海水染上了殷红的血色，无名岛渐渐地消失在海天之间了。缪芸生走进船长室，扑簌簌落着泪说："船长，我有罪哇，是我擅离职守才导致了这场悲剧。只是我怎么也不会想到，这样的小岛上会有如此的杀手！"片刻，船长也潸然泪下，深沉地回答道："作为船长，我有推卸不了的责任。但归根结蒂，真正的杀手是战争。战争给人类造成的罪孽，太深远了！"

大海，涛声依旧……

（陆柏树）
（题图：谭海彦）

与狼同行

史可到报社报到的第三天,领导就交给他一项采访任务,去大青乡一个叫卧狼岗的小村采访一位姓李的民办女教师。这天他坐了一天的汽车来到大青乡,一打听才知道卧狼岗在这个乡最偏僻的角落,去那里还有足足一天的路要走,而且途中要穿越数十里的原始森林。史可心想,报社交给自己的这道试用考题还真不轻松呢。

大青乡中心学校的王校长对史可道:"卧狼岗十岗九狼,要不要我们乡里派个人陪你去?"史可想了想,问王校长:"李老师每次来乡里都要人护送吗?"王校长道:"这个女娃子倒是怪得很,从来都是独来独往,胆子贼大!"史可一听,乐了:"李老师一个女娃子都不怕,我还怕什么?"于是便谢绝了王校长的好意,独自一人踏上了去卧狼岗的山路。

史可走出老远，王校长像突然想起什么似的，手里举着一个包袱边跑边喊道："史记者，等一等……"他追上来，说："这个包袱是李老师留在我这里的，说学校万一有人要去卧狼岗，带上它，一路上便可逢凶化吉。"王校长说完，拉开史可背上的采访包，把包袱放了进去。都说山高出邪魔，史可本想笑话王校长一个文化人还信这种邪魔歪道，但见人家一本正经的样子也就不好笑出声来。

史可告别王校长，没走多久就进入了林区，山越来越高路也越来越小，空气中仿佛真有一股浓浓的狼臊味。史可走着走着，心头不由自主地扑腾起来，他后悔不该谢绝王校长的好意，自己单独上路。真是越怕越撞鬼，也不知什么时候突然传来"嗷"的一声嚎叫，顿时吓得史可魂飞魄散，他战战兢兢地循着声音望出去，只见对面山坡上赫然站着一条威风凛凛的麻灰色大公狼，两只狼眼目光如同闪电一般，正紧紧地射向自己，那神态就像是猎人在欣赏掉入陷阱的猎物一般！史可顿时像被抽去了脊梁骨，一屁股重重地瘫坐在了雪地上。

大公狼像是存心要气一气史可，并没有急着向他进攻，只是远远看着他。史可麻木的头脑渐渐清醒起来，他想起了自己身上的那个包袱，虽然他不相信在这深山老林里一个民办女教师真的能够未卜先知、有什么锦囊妙计，但眼下救命要紧，也只好打开包袱来看看。

史可打开包袱，不由大失所望，里面只有一件女式碎花小袄，还隐约散发着汗味儿。史可提起小袄一抖，掉出了一张二指宽的纸条。他捡起纸条，见上面写着一行娟秀的小字："如遇狼患，穿上此衣"。史可看完真是哭笑不得，人家诸葛亮用空城计，古琴退敌，如今这个李老师竟然花衣退狼，也亏她想的出来！但史可这时死马当活马医，勉强把小花袄套在身上。

谁知那条大公狼一见小花袄，顿时兴奋起来，它一边望着史可，一边在空气中使劲地嗅着什么，突然，它一声长嚎，猛地向史可狂奔而来。史可吓得"妈呀"一声，拔腿就跑。

史可边跑边想，这包里装的哪是什么锦囊妙计，这分明是引火烧身啊！也不知跑了多久，精疲力竭的史可来到了林中的一块平地，再也跑不动了，干脆一屁股坐在地上等死，可等了好一会儿，大公狼并没有追来。史可的心里才稍稍安定了些，可他马上发现，刚才这么一跑，自己的来访包跑丢了不说，连路也跑迷了！

这可了不得，在原始森林中迷了路就意味着死亡。史可不断地在林中摸索，直到天快黑时他才发现一间从前伐木人废弃的小木屋。他决定在这木屋里住上一夜，第二天再想办法寻找出山的道路。

为了防止狼群的进攻，史可捡来许多干柴在木屋前的空地上和屋内分别烧起两堆篝火。做完这一切，他又饿又累，靠在火塘边，不一会儿就睡着了。半夜，不知什么东西"咚"的一声将史可惊醒，他睁开眼，仿佛又闻到了一股熟悉的狼臊味，定睛一看，火塘中有一只野兔正烧得发出吱吱的肉焦声。原来那"咚"的一响，是这只兔子跌进火塘的声音。

史可用棍子拨拉出那只野兔，这才发觉兔子的脖子被咬断了，一只断颈的兔子怎么会跳进火塘？难道是山神爷显灵给自己送来充饥的？史可不管三七二十一，吃完兔子又埋头睡着了，第二天早上醒来，更奇怪的事情发生了：他跑丢了的采访包居然被送了回来，而且就放在门外的火塘边。

史可背上失而复得的采访包，对着群山高声道："是哪位好心的朋友暗中相助，请现身一见……"但空山寂寂，他只好在失望中重新上路。转了一大圈还是没有找到出山的路，竟然又回到了昨晚宿营的木屋前！

真是冤家路窄，他一头又撞见了昨天那条大公狼：可这次大公狼看见他，并没有冲过来，而是低吼一声转身离开了木屋。它走得很慢，边走边回过头来向史可张望，而且还摇着长长的尾巴。史可望着渐渐远去的狼影，心头不再像昨天那样害怕了，大公狼在林海小径的那头再一次停下，回过头望着史可，那神态就像一条温顺的家犬在等待自己的主人一样，史可不解地望着那条大公狼，一个念头冒了出来：它莫不是要带我走出这茫茫林海？

　　想到这里，史可便大着胆子向着狼指引的方向跟了上去，那公狼冲他一点头，然后又回身朝前走了，走了一段路后，史可发现林子越来越稀路也越来越大，大公狼果真是在给他带路呢！

　　中午时分，史可在狼向导的带领下终于走出了原始森林，那狼把史可一直领到一片平房前，才对着山冈一声长嚎，转身消失了。不一会儿，李老师带着十几个学生奔出来迎接史可，史可原以为李老师是个仙风道骨的模样，没想一见面却大失所望，典型的山区农妇打扮，哪里有一点高人的影子？

　　李老师见到史可第一句话就问道："大记者，一路上没吓着你吧？"史可苦笑着讲起自己这一路的奇遇，完了问李老师："这究竟是怎么一回事？"李老师和孩子们听了并没有立即回答他的提问，而是一个个望着他笑了起来。史可往自己身上一看，发现那件小花袄还套着呢，忙红着脸脱下来交给了李老师。

　　这时一个孩子抢着说道："你问的是风儿吧，它可是李老师的编外学生！""谁是风儿？"史可不解地望着李老师，李老师解释道："风儿就是那条给你引路的大公狼呀！"史可听了更摸不着头脑："我还从来没有听说过狼上学读书的呢。"

李老师笑了，招呼史可坐下，然后从头讲出了事情的原委。

这还得从卧狼岗建校的头一年说起，那时李老师才二十出头，刚来到这所学校。一天晚上，北风呼啸大雪飘飘，李老师独自在学校的小木屋内备课。半夜里，突然响起了一阵打门声，李老师隔着门缝朝外张望，这一看不打紧，顿时三魂吓落了七魄，只见一只狼正支起身子，用前爪抓打着木门，还不时发出低低的嚎叫声。

学校离最近的人家有一里多路，又是这么个风雷交加的夜晚，呼救根本没有人能听得见，李老师把心一横，顺手拿起床头的一本书大声地朗读起来，算是给自己壮胆，拼得一时算一时。那是本《安徒生童话》，李老师读着读着，奇迹出现了，屋外的拍门声渐渐地小下去，再后来一点声音也没有了，李老师不敢停下来，就一边朗诵着，一边透过门缝悄悄地望出去，只见那狼坐在门外正竖起耳朵像小学生一样静静地听着，仿佛被动人的童话故事陶醉了。李老师也不知读了多久，迷迷糊糊地睡着了，第二天醒来，那只狼早已经走了。

有趣的是，此后隔个十天半月那狼就来一次，每次来一拍门李老师就为它读童话，一读狼就安静下来了，村里的人知道后，大家都说山里太需要老师了，连这里的狼都想要上学读书，都知道来找名师，何况那些孩子！

此后李老师就算收下了这个不在编的特殊学生，还给它取了个名字叫"风儿"。风儿呢，除了隔三岔五地叼些野味来孝敬李老师外，还经常护送孩子们上下学，保护他们免受熊瞎子的伤害。而且有了它，山里其他的狼也都不来找李老师和孩子们的麻烦了。

史可像是听了一个童话故事："怪不得你叫我穿上小花袄，风儿一闻到衣服上的气味，就知道我是你的朋友，昨晚的采访包和野兔也都是风儿特意给我送来的。"

李老师笑着点头说:"是呀,其实动物和人一样都是有感情的,只要你善待它们,它们也会好好地对你呀。"

史可听了,激动地从李老师手中拿起那件小花袄对着群山用力挥舞着,同时大声喊道:"谢谢了——狼朋友——"

"嗷——嗷——"苍莽的林海中也传出长长的狼嚎,像是对史可的回应。

(山　子)
(题图:魏忠善)

老弓腰挺腰

"老弓腰"是一个人的外号,因为他是个老头子,腰弯得像弓。别看他现在一副窝囊相,年轻时候一杆土枪闯大山,是这一带有名的猎户。年纪大了,野兔也不那么多了,老弓腰就封枪不干了,那杆跟随他几十年的土枪就藏在堆杂物的顶棚上。

这天一早,天还没亮,老弓腰点灯起床。哪料门刚打开,一下闯进来三个蒙面人。油灯被打翻,屋里漆黑一团,一支硬硬的东西顶住他的脊梁,身后"咔嚓"响了一声。玩过枪、打过野兔的老弓腰明白,顶住自己脊梁的是枪口,那清脆的响声是扳枪机的声音。

只听一个哑喉咙压低声音吼道:"老家伙,你要钱还是要命?"

老弓腰早已被这突然袭击吓坏了,腰弓得更弯,嘴也变结巴了:"要,要钱，不，要命，我要命！"

黑暗中，一只手端了端老弓腰的下巴："把钱拿出来！"

"我没钱。"

"呀呵，老家伙耍滑头。你前几天卖了头牛，钱哪里去了？"

"借给东山马二怪买小拖儿了。"

"那就算了，咱不要钱了，要你的老命吧。开枪！"

老弓腰觉得脊梁直发凉，他哀求道："千万别开枪！我还剩三百块钱，在枕头底下压着。"

一个蒙面人很快从枕头下翻出钱来，吹了声口哨，三个人立刻跑没影了。老弓腰坐在地上喘了半天气，才慢慢爬起来。这个没见过世面的老山民不知道报案，他只能自己安慰自己："算了吧，破财消灾嘛！"

可是，老弓腰没安乐几天。这天又是半夜时分，三个蒙面人又撬开了他的屋门闯进来，一支硬硬的东西又顶住了被窝里的老弓腰，"咔嚓"又是清脆地响了一声，那个哑喉咙再次压低声音吼道："老家伙，再拿几个钱来！"

老弓腰家里没钱了，跟这些没人性的东西又没理可讲，就把心一横，等他们开枪。可他们偏不开枪，一个瘦高个子掏出个打火机，"咔嚓"打着了，举手伸向了堆杂物的顶棚，说老家伙屋里老鼠多，要替他撵撵老鼠。老弓腰不能眼睁睁看着房屋被烧掉，这是他半生的心血，他只好答应到邻居家去借。

于是哑喉咙用绳子牵着他，出门走了多半里路，喊亮了最近的邻居的窗。哑喉咙给他松开绑，警告他说："你别耍滑头，我们有枪，在外面瞄准好了，你敢歪歪嘴，就开枪打死你的邻居，叫你有口说不清。"老弓腰怕连累邻居，就没敢歪嘴，只说是买牛缺少钱，从邻居家借出来三百块钱,给了他们。他们得了钱,又跑没影了。

都说老实人被逼急了也会发火,老实人一旦发火比一般人要厉害。老弓腰两次遭抢,凭感觉他知道,这三个强盗还会再来。哼,凡事不能做绝了,只有再一再二,不可再三再四,你要敢第三次来抢,老子就不客气了!老弓腰憋着气,把多年不用的土枪从顶棚上找出来,修理好,往枪筒里装上火药,想了想,却没装铁砂,大概他还想给三个强盗留条活路吧,然后把枪藏进了茅房。

这伙蒙面人大概觉得老弓腰软弱可欺,也大概觉得抢钱很容易,过了几天,他们果然又在半夜时分破门而入,枪又上了膛火,打火机伸向棚顶,又要替老弓腰撵老鼠。老弓腰把腰挺了挺,答应到另一家邻居去借钱,哑喉咙又用绳子牵住他。出了屋门,老弓腰说他要解手,哑喉咙谅他飞不脱,就给松了绑。不一会儿,老弓腰从厕所里出来了,手里多了一件东西,当然就是那杆枪了。三个蒙面人借月光一看,都立刻吓懵了。

老弓腰挺着身子,闷声闷气地喝道:"都别动,我崩你们个兔崽子!"话音刚落,老弓腰对准他们开了一枪。

枪声过后,老弓腰端着冒烟的土枪,愣站在院里。等了好一阵,又等了好一阵,一点动静都没有了。人呢?三个畜生都逃啦!老弓腰老眼昏花地走出院门,忽然,他被一件东西绊住了,捡起一看,是支枪,是木头做的假枪。

走了几步,又踢到另一件东西,捡起一看,是算账用的算盘,拨一下珠儿,"咔嚓"声音很清脆。老弓腰气得将那玩意儿用力一摔,"啪!"珠儿四下滚散。

"狗日的,用这号东西唬人!"老弓腰捶着自己的脑袋直骂自己:"你这个老糊涂,打了半辈子狡兔,如今反被兔子打了!"他骂骂咧咧进屋的时候,"咚!"脑袋被门框狠狠碰了一下,疼得他直"哎哟"。疼劲过去后,他突然想到,自打腰弯以后,门框从来没碰过头,今天怎么中邪了?他仔细看了看门框,没发现有什么异常。当他审视自己的时候,却一下子惊呆了:"我的天啊,我这弓了七八年的腰,咋又挺直了?"

(吴庆安)
(题图:蔡解强)

母性的力量

原始森林边缘有个小村庄，住着一个叫巴兹的男人，以偷猎为生。

一天，巴兹潜进森林深处，突然看见从旁边草丛中蹒蹒跚跚地钻出一只白虎的幼崽，冲他"嗷嗷"地直叫唤。巴兹喜出望外，蹿上去一把抓住小白虎，装进布袋，飞一般回头就跑。

这时候，正好母白虎叼着一只獐子回来，它不见了小白虎，又闻到有生人的气味，丢了獐子就循着气味朝巴兹追来。

此刻，巴兹已经一路狂奔到了河边。只要过了河，母白虎就闻不到他的气味了，于是巴兹一头扎进河里，一口气游到对岸。可是上岸一看，才发现布袋中的虎崽却已经被河水溺死了。巴兹心里一"咯噔"，再抬头一看，没料那母白虎竟追过河来，他吓得连忙把死虎崽扔下，慌忙往自己家里跑。

再说那母白虎追上岸，看到自己的宝贝已死，愤怒地发出了一声惊天动地的悲啸，随后，追着巴兹就进了村庄。丧子之痛让母白虎简直发了疯，它长啸着，奔跑着，在村子里见村民就追，见活物就咬，吓得大家四处逃窜。

突然，母白虎看见了巴兹，巴兹正领着老婆，老婆的手里还抱着才三个月大的儿子，母白虎一声怒吼，扑了上去。巴兹的老婆吓得脚下一软，跌倒在地，怀中的儿子脱手滚了出去，顿时"哇哇"大哭起来。

巴兹的老婆惊叫一声，连忙扑过去，想抱起儿子。但母白虎比她动作更快，"呼"地跳上去张开血盆大口，就朝她地上的儿子咬去。

巴兹一看儿子保不住了，便冲老婆喊："快逃！"可巴兹的老婆却突然不知从哪来的勇气，猛地从地上爬起来，一边不顾一切地向母白虎冲过去，一边凄惨地大叫："不要啊，不要！那是我的儿子啊！"

母白虎愤怒地抬起头，狠狠地盯着她，那张开着的血盆大口，随时都会将她儿子吞没。

巴兹的老婆突然像疯子一样撕扯掉自己的衣服，袒胸露乳地跪在母白虎面前，双手合十，泪流满面地祈求道："求求你，不要伤害我的儿子！求求你，不要伤害我的儿子……"

她的这一举动，来得那么突然，那些四散奔逃的村民全都看得目瞪口呆，他们停下了脚步，甚至忘了逃命。

母白虎似乎也被这个女人出人意料的举动怔住了，它看着这个赤裸着上身的女人，看着她饱满的双乳正一滴滴地滴着芳香的乳汁，看着她泪流满面的脸和恳求的目光，再看看躺在地上随时都会被自己的利齿结束的小小生命，居然没有再咬下去。

时间仿佛停滞了，天地间仿佛只剩下孩子的哭声和女人的祈求声。

这时候，从人群中又走出一个女人，也撕扯掉自己的衣服，袒露着最神圣的母性，跪在巴兹老婆的身边，双手合十，恳求地望着母白虎，口中喃喃地祈求道："请不要伤害这个孩子！求求你，请不要伤害这个孩子……"

与此同时，更多的女人从人群中走出来，跪在母白虎面前，祈求它，不要伤害这个孩子……

就在女人们真诚的祈求声中，只见母白虎慢慢地后退，后退……突然间，它仰天发出一声震撼人心的悲啸，然后猛地转过身去，一路狂奔，消失在莽莽苍苍的原始森林中……

也许是冥冥之中女人的诚意感动了母白虎；也许是因为虽然是不同的生灵，但她们都是母亲，那种上天赋予的母性，使母白虎突然改变了主意。

母爱有情，它使所有的生命都充满仁慈。

当母白虎消失在莽莽森林中的时候，巴兹的老婆抓住巴兹又撕又扯，又咬又骂："你不是人，你不是人！你连禽兽都不如……"

巴兹悔恨难当，"扑通"一声跪倒在地，向母白虎远去的方向，一遍一遍地磕头。

(谭文春)

(题图：安玉民)

拿手好戏

夜里,一个全国通缉的在逃杀人犯溜进了郊外的一所小别墅。他仔细地查看了每一个房间,最后确定,整幢房子里只有一位满头白发的老妇人。

此刻,老妇人正坐在梳妆台前打电话,从门缝中隐约可以听到她那微弱沙哑的声音:"……你们不用为我担心,我一个人在这里挺好,倒是你们身在异国他乡的,可要事事小心。好了,不说了,我要睡了。"杀人犯缓缓推开虚掩的房门,走了进去,把那支冰冷的手枪顶在了老妇人的头上:"别出声,不然让你提前回老家。"

老妇人当时就吓得浑身直发抖,满是皱纹的脸上尽显恐惧之色。只听逃犯又说道:"现在,请站起来,去把所有的钱和金银首饰拿出来。"

老妇人用颤抖的声音说道:"好吧,只要……你不杀我,我会答应你的一切要求。"说完,她站起身,一步三摇地向门外走去。

不大一会儿,老妇人把家里所有的现金和金银首饰都拿了出来。逃犯似乎并没有马上离去的意思,他让老妇人准备了一顿丰盛的晚餐,然后坐在客厅的沙发上狼吞虎咽起来。不过,他并没有因此而放松警惕,那支枪始终没有离手。逃犯瞥了老妇人一眼,说:"老太太,不要紧张,只要你老老实实,我是不会伤害你的。"然后他用枪指了指墙上的一幅结婚照:"我想,那是你的儿子、儿媳吧?"

"不,他们是我的女儿和女婿,这房子……就是他们的,前两天他俩一起去了日本,我就暂时住在这里看房子。"

逃犯会意地点了点头:"顺便说一下,你做的鸡味道可真不错。"然后低下头又大吃了起来。一时间,老妇人脸上恐惧的表情消失了,竟露出了一丝微笑,目光慈祥地看着逃犯。逃犯正在大嚼着一块鸡腿,当他抬起头看到老妇人的表情后,不禁一愣,似乎被这眼神所感染,但他好像很快意识到什么,猛地把头扭了回去:"见鬼,你别这样看着我。"

老妇人更动情了:"对不起,看着你吃饭的样子,我忽然想起了我的儿子,不过……他已经不在了……"说完,眼里已流出了泪水。

逃犯若有所思地放下了手中的食物:"如果我母亲还活着,大概也像你这么大年纪了,她生前非常地疼我,可是我……她去世的那天我还在监狱里,连最后一面都没见到……"说到这里,他的声音已有些呜咽。

老妇人轻声安慰他:"孩子,我想你妈会原谅你的,天下的母亲都一样,是永远……永远也不会记恨她们的孩子的。"

"不要说了……不要再说了……"逃犯再也无法控制自己的情绪,两行热泪夺眶而出,此刻,他的思想仿佛已回到了人性的一面。他把枪放在茶几上,用手擦脸上的泪水。就在这短暂的一瞬间,老妇人突然"唰"地从沙发上蹿了起来,以连贯娴熟的动作向着茶几扑了过去,还没等逃犯反应过来,她已把那支枪抓到了手,继而就地一滚站了起来,把枪口对准了他,逃犯做梦也想不到这个老态龙钟的女人会有如此快的身手,立刻被惊得呆若木鸡。

老妇人嘴里不停地喘气,拿枪的手在微微颤抖着,由于过分紧张竟一时忘记了该说些什么。就在这时一声门铃打破了僵局,老妇人倒着步子走去将门打开,来者竟是那张结婚照上的男青年——她的"女婿",他一进门便奇怪地问道:"咦,宝贝儿,你这是演的哪出戏呀?"随后一把将老妇人搂在了怀里,当他顺着枪口指的方向看到沙发上的人时,顿时惊得目瞪口呆。对面的逃犯更是被搞得丈二和尚摸不着头脑。这时只听老妇人对她"女婿"说道:"亲爱的,你来的正是时候,快……快去打电话报警,知道吗,这位先生就是电视上通缉的杀人犯。"说完,一把扯下假发,一头乌黑的秀发飘逸而出,她对逃犯笑道:"很吃惊,是吗?现在就让我为你解开谜底吧,我是一个演员,前两天刚接到一部戏,其中我的角色就是这位老太太。"她指了指自己,"今天晚上我想自己先排练一下,没想到演到打电话的时候你闯进来搅了我的好戏。不过,你倒是陪我上了一堂惊心动魄的即兴小品课,怎么样,我的演技还不赖吧?另外,我拿枪的动作是在拍上一部动作片时学到的,已练过上百次,没想到今天用上了。那张结婚照,是我和我丈夫半年前拍的。"

这时候,外面已隐约传来了阵阵警笛声。

(李　健)

(题图:杨宏富)

饭店那么大的钻石

约翰是个中学生，出身于美国密西西比河畔的一个小城，父亲是个商人，为了让儿子将来能有出息，他把约翰送到了波士顿的贵族学校去读书。在学校里，吉斯米和约翰最要好，吉斯米是个漂亮的女孩，但她从来不对任何人说自己家的情况。暑假时，吉斯米邀请约翰到她家去玩，她只是说家在"西部"。约翰对吉斯米的家庭一直很好奇，便答应了。

在火车的餐车上吃午饭时，吉斯米突然说了一句："我的父亲可是世界上最有钱的人，他有颗钻石，像法国巴黎的里茨饭店那么大哩。"

约翰听了眼睛瞪得很大很大，这……这怎么可能呢？这天晚上，火车到达了美国西北部的一个偏僻小站，他俩下了车，登上一辆早就等候着的极其华丽的轿车，轿车驶过一片荒无人烟的土地，在一个山峡口停了下来，夜色中，几个人影走到了汽车旁，他们用四根粗粗的绳索勾了汽车轮子，汽车慢慢离地而起，越过了一座刀刃般的峭，接着又开始下降，最后轻轻一碰，"啪"，他们落到了平坦的地面上。吉斯米说："再走5英里就到家了，现在我们是在落基山的中部，这里是美国仅有的、从未测量过的5平方英里的土地。"

"为什么没有测量？政府忘记了这5平方英里的土地吗？"

"不，政府曾三次想测量这片土地，我父亲都想办法应付过去了。"

汽车绕着一片月光照耀下的湖，驶上了一条林阴路，眼前出现了一座华丽的城堡，整个城堡闪耀着大理石的光泽，高塔上装饰着彩灯，千百扇各种形状的窗子流金溢彩，就像一个童话世界。汽车在门前停下，两扇大门无声地打开，一位穿着盛装的贵夫人站在门口微笑着，吉斯米走上前，对那妇人说："妈妈，我带来了我的朋友约翰。"

吉斯米的妈妈友好地表示了对约翰的欢迎，她把约翰引进了屋里。城堡里极尽奢华，厚厚的水晶砖下面是碧绿的水和千姿百态的游鱼。他们穿过象牙构筑的回廊，穿过一个个迷宫般华美的房间，房间的墙壁都是用纯金和钻石镶嵌的。晚餐极为丰盛，餐盘都是用钻石和翡翠制成的，一边吃，一边还伴着悠扬的音乐。

饭后，约翰被安顿在一个豪华的大套房休息，一会儿吉斯米走了进来，她换了一条雪白的裙子，头上戴着镶有宝石的花环，约翰第一次发现吉斯米竟是这么的美，他呆了呆，说："我得向你道歉，你在火车上说你家有一颗像里茨饭店那么大的钻石，当时我还不相信呢。"

吉斯米微微一笑："我知道你不会相信。我们城堡坐落的这座山，并不很大，可是除了表面50英尺厚的草皮和碎石以外，整座山就是一颗大钻石，有一立方英里大。"这天晚上，两人聊得很开心，也越来越亲近，吉斯米红着脸，低低地说："我喜欢你，你愿意跟我好吗？"约翰的脸也红了，他只是连连地点头。

在这个夜里，吉斯米对约翰讲了她的家史：她的祖父是南方人，南北战争后他带了一些黑奴来到蒙大拿，想办个牧场。有一天，他在山里追一只松鼠，松鼠逃进洞里，却把嘴里叼着的一块亮晶晶的东西丢下了。吉斯米的祖父拾起来一看，竟是一颗大钻石！那天深夜，他带着黑奴来到那个松鼠洞边拼命地挖，他发现这座山整个就是一颗巨大的钻石，差不多相当于全世界其他地方已探明的全部钻石储量，全世界的黄金也只能买这座山的一个角！他严格地保守住了这个秘密，只是带着两大箱钻石去了国外。两年后，他在这里建起了钻石王国，吉斯米的父亲把继承的财产分存在千百家银行里，这些财产已经足够他的家族世代享受富贵了，现在他只操心一件事，就是保住这个钻石山的秘密。

吉斯米的父亲布拉多克先生对约翰也很好，他四十岁左右，长着一张傲慢的脸，一副结实的身材。他经常带着吉斯米和约翰去捕鱼、打猎、骑马、打高尔夫球，约翰还常常和吉斯米偷偷幽会，她的柔情使约翰如醉如痴，他真觉得自己每天都生活在梦幻之中。

就在约翰尽情享受着愉快的暑假生活的时候，发生了一件使约翰意想不到的事：一天，一家人正在打高尔夫球，吉斯米突然问父亲："爸爸，铁笼子里还关着很多人吗？"

布拉多克先生愣了一下，接着骂了一句，说："跑了一个，真麻烦，都是你妈妈惹的事，她把里面的一个人挑出来做技工，可是他刚出来没几天就跑啦！我派了人分头去附近的城镇找，没找到……这些人真是麻烦，不过该他们倒霉，他们的飞机发现了我的宝山，被我的高射炮打了下来，哼，他们谁也别想活着离开这里！"

约翰听了后心里说不出是什么滋味，可吉斯米又说了一件事，更使他吓得魂飞魄散！

那是一个晴朗的下午，两人依偎在林子里聊着天，吉斯米无意之中吐露了一个令约翰不寒而栗的天大秘密：布拉多克夫妇为了不使家里人太寂寞，就千方百计地邀请附近一些女孩来家玩，可每次在她们玩过后离开之前，为了避免这里的秘密泄露出去，布拉多克在她们熟睡时把她们都毒死，对她们的家里人就说是得猩红热死了。

约翰听完了这一切，气得肺都要炸了："天哪，真让人恶心！你们为了解除寂寞，就这样不断地邀请她们上你们家来？所以也把我找来和你谈情说爱，还说着结婚什么的事，都是为了取乐！你一直清清楚楚地知道我绝不可能活着出去！"

"不！"吉斯米激动地说，"起先我是那样想的，我认为在你生命的最后几天，我们两个谈情说爱也许是快活的，可是后来我真心爱上你了，约翰，请你相信我，我和你一起走，要死就一起死！"

约翰看着吉斯米的眼睛，看了好久好久，他相信了她的话："那我们就好好商量一下，今天晚上——"两个人又相依在一起窃窃私语起来。

当天夜里，约翰躺在床上正想着如何脱身，忽然听到房间外面传来轻轻的脚步声和低低的说话声，他急忙从浴室跑上二楼平台，在那里居高临下，从窗子里看到有三个人影冲进了自己住房的起居室，约翰惊恐地向楼梯跑去，就在这时，电梯的门开了，布拉多克先生站在电梯里对着三个人影喊道："快快，你们三个都快进来！"三个人听到喊声，急忙回身跑进电梯，电梯"呼啦"向上升去了。

约翰吓得浑身发软，他猜想这些人一定是来杀自己的，可是布拉多克为什么又急匆匆地把他们喊走呢？不管怎么说，现在正是逃跑的机会，于是他又偷偷地跑到吉斯米的房间,房门开着,吉斯米穿着睡衣站在窗前,正听着什么,她见约翰进来,忙说:"你听见那些飞机了吗?起码有十多架,一定是那个逃跑的飞行员……"她话音未落,就听到一阵刺耳的爆炸声,两人跑出房间,进了电梯,来到屋顶平台上,只见月光下,12架飞机在空中盘旋着,地上的高射炮连连射击,火光映红了半边天,飞机也开始投弹,整个山谷到处是硝烟,到处是轰响……

约翰对吉斯米说:"你父亲刚才已经派人来杀我了,就是因为有飞机来,才打乱了他的计划!现在飞机正在轰炸城堡,我们赶快逃出去吧!"

"好吧,我得去穿件衣服。"吉斯米孩子气地说,"我们这下要变穷了,是不是?我会成为一个孤儿,自由而又贫穷,多有趣!"说完,她忘情地抱着约翰亲吻着。约翰的神色却显得有点严肃:"你大概不知道贫穷是怎么回事吧?我要提醒你一声,你最好把你首饰匣里的珠宝首饰都装到口袋里!"

十分钟后,他俩跑出了城堡大门,登上一条盘绕着钻石山的小路,到半山腰时回头看去,城堡里的高射炮已被飞机全部炸毁,两架被击落的飞机残骸在燃烧。他俩拉着手向更高处走去,天亮时爬到了另一座更高的山上,远望钻石山下的城堡,飞机正一架一架地降落在城堡前的草坪上,飞行员们提着步枪正一个一个地向钻石山爬去。在高高的山上,也有两个人在向上爬,吉斯米惊叫起来:"那是爸爸妈妈!"

约翰紧紧地搂着吉斯米,默默地看着远方的钻石山:只见吉斯米的父母在一块突兀的岩石旁停了下来,突然,岩石间的一扇活门打开了,两人钻了进去,那门又关上了。

看到这一情景,吉斯米抓着约翰的胳膊叫道:"那是一条地下通道,我们应该和他们一起——"话还没说完,突然间一阵巨响,钻石山上闪起了一片炫目的黄色火光,闪烁了一会,就暗了下来,山上露出了发黑的土地,那些飞行员全被烧得干干净净,没留一丝痕迹……紧接着,又是一阵山摇地动般的轰响,整个城堡飞上了天,炸成无数火红的碎片落进湖里,这座由无数珍宝筑成的城堡,顷刻间已经变成了一堆废墟,看来,吉斯米的父亲知道钻石山的秘密已经不保,于是就亲手毁掉了这个王国和他的全部家业,也毁灭了他自己,只有吉斯米幸存了下来。

落日时分,约翰和吉斯米来到了那座高高的刀刃般的悬崖,这原是钻石王国的边界,他俩坐了下来,约翰擦干了吉斯米眼角挂着的泪水,体贴地说道:"一切都过去了,亲爱的,你就要告别过去,过正常人的生活了。"吉斯米点点头,依偎在约翰的怀里。

约翰突然想起了一件事,说:"把你的口袋翻过来,看看你带了哪些珠宝,要是你挑得好,我们这辈子还可以过得舒舒服服的呀!"

吉斯米顺从地把手伸进兜里,掏呀掏,掏出了两把闪烁发光的宝石,约翰高兴地说:"挺不错呢,它们不很大,可是……"当约翰把其中一粒举到落日余晖中审视时,他的脸色变了:"这不是钻石,这些都是玻璃球啊!"吉斯米把那粒东西拿了过来,看了看,说:"我明白了,这原是一个女孩衣服上的东西,她是我妈妈找来陪我玩的,我用钻石和她换了这些。我这辈子只见过钻石,已经腻味了,我更喜欢这些玻璃球。"

约翰听了,把吉斯米紧紧抱在怀里……

(编译:杨立伟)
(题图:箭　中)

森林"杀手"

这天，都伯和他的朋友格兰特约好一道去钓鱼。早上八点半，两个人驱车来到了麦因森林旁。下了高速公路后，又走了大约一里路，在一个拦河坝旁停了下来。他们以前还从未来过这里，这个地方人迹罕至，别人是不会到这里来钓鱼的。

两个人决定分开来钓鱼，格兰特到上游去，都伯去下游。格兰特带了一只麻袋，里面装着一把猎刀，几只备用钓轮和食品。动身之前，格兰特把麻袋放在了离河五十米远的空地上的一个树桩上。他们商量好午饭时在那里会面。

都伯开始向下游走去。穿过桦树林、灌木丛及一片再生杉树林。空气又热又潮，鱼没钓着，反而被蚊虫叮咬得十分难受。大约十点钟后，都伯坐不住了，决定放弃钓鱼，回去等格兰特。当他拎着鱼竿，走回到树桩旁一看，麻袋掉到了地上，口开着。食品袋躺在一旁，已经空了，食品包装纸扔得满地都是。

都伯觉得很奇怪，他大声喊了起来："格兰特，格兰特！"可是没有回答。都伯一边喊一边朝一棵倒着的光秃秃的枯树干走去，一屁股坐在上面。阳光照得他昏昏欲睡，可讨厌的苍蝇总是嗡嗡地围着他转，使他心烦意乱。突然，他注意到一百码以外的小道上有一个黑乎乎的东西在晃动。啊，是一只黑熊！

可是都伯并没有害怕，黑熊他见得多了，甚至还打死过一只。他知道，黑熊有个习惯：一看到生人的影子通常会跑掉的。都伯决定坐着不动，等这只野兽走掉。那只熊不太大，看样子一百五十磅，"它马上就会看到我，然后跑掉的。"他这样想着。可是黑熊蹒跚着步子，没有跑开，反而径直朝他走了过来。

都伯这时有点儿害怕了。黑熊好像没事一样，继续走着，离他只有十英尺了，都伯一下站了起来。黑熊也站住了，背上的黑鬃毛一下耸立起来，张开了大嘴，露出了尖利的牙齿。

黑熊一点点逼近，都伯猛地从地上抓起一根木棍。近在咫尺，他"呼"地将木棍举过了头顶。黑熊又站住了，晃动着头，两眼瞪得圆圆的。一种不祥的感觉袭上都伯的脑际："我快要死了。"他只觉得背上凉嗖嗖的，两条腿像木头一样僵硬了起来。

得找一棵树！都伯的脑子突然飞快地一闪，他用眼瞥了一下左右，发现离他最近的地方有一棵小槭树，树干约有六英寸粗。他飞快地跑到树前，爬了上去。黑熊看到眼前的人跑开了，也喘着粗气，一步一步地追赶着到了树下，一口咬住了他的裤筒，用力往下拽。只听"呼哧"

一声裤子撕裂了,都伯向上一踏,站到了弯着的树干上,双手紧紧地攥住了树枝。他稍稍松了一口气,喘息着说:"我总算有救了!"

黑熊嘴里咬着碎布,两只前爪抱住树干,试着往上爬!都伯心虚了,抱住树枝往上攀。黑熊继续向上爬,扬着头要咬他的脚。都伯吓得两手吊住树枝,两脚悬起来,胡乱地踢着黑熊的下颚。一下,又一下,终于一脚把黑熊踢下了树。

黑熊又爬上来了,前爪能够着树枝了,都伯又一脚踢去,黑熊连忙用嘴啃住树干,才没有被踢下去。

都伯接着向上爬,树枝只有一英寸左右粗了。他的重量压得树枝摇晃着倒向旁边的一棵杉树。眼看着他离下面的黑熊只有十英尺了!

黑熊站在树干上,前爪又扑向了都伯的双脚,可是怎么也够不着。一次,又一次,但都毫无结果,于是它又开始啃树枝。都伯疯狂地摇晃着,使劲地踢动着双脚,这回他又踢中了黑熊的下颚,它扑通一声摔倒在地上。

黑熊在地上坐了一会儿,看看都伯,又看看和槭树几乎连在一起的杉树,似乎在考虑着下一步该怎么办。

此时,都伯快神经质了,他看清了黑熊居然还戴着两只耳签!"该死的家伙,"都伯想着,"不知它是在哪儿被捕获了,现在又逃到了这里。它已经不怕生人了。现在它是饿了,它要吃掉我!哎呀,这回我真的要死了。"

都伯觉得此时浑身发软,快要一下子掉下去死掉。他的心剧烈地跳着,胸闷得好像要爆炸了一样。他深深地吸了一口气,想稳住狂跳的心。

黑熊看上去已恢复了过来。它站了起来,走到杉树旁,抱住树干开始向上爬。都伯飞快地滑下槭树枝,又站到了树干上,树枝又直立起来。

黑熊的计划破产了。

黑熊又从杉树上下来,开始爬槭树。都伯这时已经几乎接近树梢了。黑熊气得使劲地啃起树枝来。只几口,树枝便"咔"的一声折断了,都伯一把抱住了杉树,才没有摔下来。

都伯忽地想起了麻袋里的猎刀,于是他一纵身,从十五英尺高处跳了下来,拼命地朝麻袋跑去。

都伯跑了不到二十英尺,黑熊就把他扑倒了,张开嘴恶狠狠地朝着他的臂部咬了一口。都伯挣脱了,又向前跑。黑熊又一次抓住了他,又被他甩脱了。黑熊的前爪第三次抱住了都伯,滚到了地上,都伯在上面,黑熊在下面,四脚朝天。都伯又踢又打,挣扎着。黑熊张开血口,咬向都伯的腰部。都伯就地十八滚,摇晃着站起来,朝空地扑去。等都伯找到了袋子,转过身来时,黑熊就在他身后!但是当都伯看着它的时候,它竟然呆立在那里不动了。噢,它不喜欢这样,都伯意识到,"我盯住它的眼睛时,它就停了下来。"都伯大声地喊叫着,抓住一根木棒朝黑熊劈了过去。黑熊向后退了几步,始终没吭一声。有三四次黑熊靠近了他,都被他大喊着打退了。

后来,黑熊走到一撮树丛后面,站在那里,两眼瞪着都伯。显然他已经惹怒了黑熊。都伯告诫自己说:"它是不会善罢干休的,我不能就这样等死。我必须和它斗!"他喘息着从麻袋里抽出了猎刀,刀身只有四英寸长,但很尖利。他有了刀,就有机会进攻黑熊了,此时黑熊也隔着树丛喘息着。

都伯操刀隔着树丛直刺黑熊的脖子。刺偏了!刀向下划了几英寸,扎进了黑熊的左臂。他松开拿刀的手,跳了起来。黑熊同时张开爪子朝他扑来,刀身卡在树叉上,掉了下来。人和熊又开始互相瞪视着。最后还是黑熊转过身去，跑掉了。都伯一动不动地站着，似乎感觉到它停了了来，只是看不到它的影子了。他冲到树前，又抓起了刀，然后跑到空地上等待着。

过了一会儿，他听到了黑熊往回走的声音，循声望去，黑熊正站在离他30英尺以外的河边喝着水。"都伯！都伯！你在哪里？"是格兰特的声音。黑熊也转过身来聆听着，一缕血迹在它臂膀处依稀可辨。然后它转过身去，趟过了河，消失在对岸的树林中。

看不到黑熊的影子了，都伯踉跄着向上游跑去。看到格兰特的时候，他扑通一声瘫坐在地上，他知道自己得救了。

再说格兰特钓鱼的时候，就听到了都伯的喊叫声，他以为他的朋友想吃东西了，也没有过分在意。可后来听听声音有点不对头，格兰特才朝着他们的集合点跑来，他根本没看到黑熊。看到都伯浑身是血，脸色苍白，躺倒在地，他吓了一大跳。都伯喘着粗气，断断续续地说明了事情的经过。都伯后来心有余悸地对朋友们说："我看到过许多熊，还打死过一只，可是从来没见过这样的家伙，这个家伙自始至终都没有吭一声。"

（编译：洪　乔）
（题图：张恩卫）

鬼并不可怕，可怕的是一个人装神弄鬼！

夜谈·怪事
yetan guaishi

眉间痣

清朝末年,福建有一户陈姓人家,父亲早年为官,而今已去世,留下兄弟二人。弟弟叫陈二,十六七岁,很是顽劣;哥哥陈大,年长不少,对弟弟管教很严厉。

有一次,陈二在外面赌博,输了不少钱,债主追上门来,陈大很生气,拿出家法将陈二狠狠打了一顿。陈二怀恨在心,心想若哥哥死了,那就轮到自己当家做主,也不至于为一笔小小赌账挨打了。

陈二年纪小,自然没胆子真去杀人,当时乡间有种"打小人"的说法,说只要在一张纸上写上仇家的姓名和年庚八字,用鞋底打,那人很快就会染病身亡。于是,陈二暗做准备,一天傍晚,偷偷地溜到村里一处偏僻地方去"打小人"。

正在陈二拿着鞋底乱敲的时候,突然,听得身后传来"扑哧"一声笑。他吓了一跳,扭头一看,是个陌生人,年纪不大,生得温文尔雅,眉间正中生了一颗痣。

陌生人走过来,看了看纸上写的字,忽然笑道:"小兄弟,你这样可没什么用。区区不才,能以秘术杀人。你给我三十个大洋,定让你得偿所愿。"

陈二年纪虽然不大,但赌场上去过好多回,哪会信这些,他撇撇嘴道:"要是我付了钱,你却溜了,那怎么办?"

陌生人道:"我可以先做事,你再给钱。反正你见识了我的本领,到时若不肯付钱,我就会用同样的法子来对付你。"

陈二越听越害怕,假意答应下来,问道:"那你要怎么做?"

陌生人在地上挖了个浅浅的小坑,再从怀里掏出一个纸包打开,里面包着几根头发,接着又拿出一个纸包撕开,里面是些白色药粉。陌生人把头发放在坑里,上面铺一层药粉,又埋好坑后说:"十天内,这陈大必死。我十天后重来此地,到时你就拿三十个大洋过来,否则下一个死的就是你。"说完,他伸手拔下陈二一根头发,走了。

陈二越想越怕,陈大虽然打了他,他也有心要咒哥哥死,但毕竟是同胞兄弟,先前打小人,实是出于小孩子的心性,现在听了陌生人一番奇怪的话,不觉胆战心惊起来,于是马上跑回了家。

这时,陈大正在厅堂与一位客人闲谈。陈二心里很急,等不及了,便招手让哥哥出来,跟他说了这事。陈大听说弟弟居然打小人咒自己死,很是光火,但听陈二说碰到的是一个眉间有痣的人,顿时一怔,说:"我让你见一个人。"说着,便领着陈二来到堂上,将他带到客人面前。

陈二一见哥哥的客人,吓得差点屁滚尿流,原来那客人跟他刚才见到的陌生人像是一个模子刻出来的,只是衣着不同罢了,而且哥哥的客人年纪要大一些。

那客人一听此事,也动容道:"小兄弟,快带我过去看看。"陈二领着哥哥和那客人,到了先前陌生人埋东西的地方。那客人刨开了土,奇怪,原先埋的药粉和头发竟然全都不见了,只见土里有密密麻麻的小虫,让人看得头皮发麻。

那客人拈起一只小虫看了看,叹道:"下这等毒手,真是太过分了。"

陈大问道:"是令弟所为吗?"

客人道:"不是他还有谁?没想到十年不见,他还是心存歹念,幸好发现得早,不然只要过了一天,连我都对付不了啦!"

这时候,那客人也从怀里摸出一个纸包,里面是些黑色药粉。他撕开纸包一角,然后在地上用药粉画了个圈,只留了一个很小的缺口。

说来也怪,客人画的这个圈,像是产生了巨大的魔力一般,很快将那些小虫吸引了过来,小虫沿着那个缺口,一只只全都爬进了圈子里,在里面堆叠起来,几乎高出地面半寸,但没有一只越出用药粉画的圈子。

一会儿,客人用手里最后一点药粉将缺口堵上,又拿出一个纸包,里面是些黄色药粉,撒在小虫身上,黑压压的小虫立刻蠕动起来,很快,黄色药粉浸润到了小虫的身子里,消失了。

客人又拈起一只小虫,看了看,说:"行了。"然后照原样埋好,对陈大说:"看来我只能在此叨扰十日,等舍弟自投罗网。"

接下来十天,那客人便住在陈家,陈大每天好酒好菜款待,陈二不敢出门,便也陪着。陈大说起自己的弟弟小小年纪就好赌,以后不知如何是好,客人说:"久赌必输,不信让令弟与我赌赌看。"

陈二不信,便拿骰子来赌,谁知连赌了十回,不论谁做庄,陈二回回都输,他大为吃惊,要拜客人为师学赌术,客人叹道:"小兄弟,这可不是什么必赢赌术,我不过是做郎中罢了。"

"做郎中"即是作弊的意思,陈二还不信,客人袖子一撩,却见他腕上爬着几只极小的蚂蚁,每只都比半粒芝麻还小。客人道:"我就是用这几个小东西来搬动骰子,你自然是必输无疑了。你若不信,接下来我就让你赢。"

果然,接下来,陈二不论押什么,出来的骰点都完全与他押的一致,陈二这才相信,决定戒赌。

接下来的几天,陈家兄弟每天都和那客人谈论。客人谈吐风雅,才学广博,陈二问那小小的虫子怎么能杀人,客人说,那些是蛊虫,极具攻击性,连猛兽碰到它们都难逃一死。他弟弟摆布的还不是普通的蛊虫,而是用秘药养成的毒蛊,嗜血成性,攻击完目标,如不及时回收,就要祸害主人。

陈二一惊:"祸害主人?什么意思?"

那客人说:"舍弟定是用令兄的头发做引子,他拔你的头发也是提防你到时不肯给钱。毒蛊养成后,就会通过气味找到头发的主人,钻入他的身体,叮咬吸血。被袭者先是高烧,接下来就是全身器官衰竭。幸好我知道得早,用药粉化去令兄的气味,等毒蛊长成后就找不到目标,不过,那些毒蛊嗜血成性,找不到目标时,连主人都会祸害,舍弟到时来收蛊虫,便会自食其果。"陈二听得心惊胆战,后悔不已。

到了第十天,那客人忽然说:"行了,现在该过去了,他虽不成器,终是我同胞兄弟,我不能见死不救。"

陈家兄弟跟着那客人出去,到了先前陈二遇见陌生人的地方,远远便见有个黑乎乎的物件立在那儿,走近了一看,才发现原来是一个人,身上爬满了恙虫，根本看不出原来的模样。

那客人走到跟前，叹道："小弟，你偷偷下山已有十年，这回该跟我回山了吧。"这人身上爬满了恙虫，痛苦不堪，只能勉强点了点头，那客人便从怀里拿出一个小纸包，里面是些紫色的粉末，他用粉末沿着这人脚下画出一线，一直延伸到树林之中。

药粉刚撒下，这人身上的恙虫便一下沿着药粉撒的线爬行，眨眼间，就爬得一干二净，这人很快露出面孔来，陈二一看，正是自己先前遇到的陌生人。

陌生人已是神情委顿，那客人向他低声问了两句，陌生人答了，又从怀里摸出一个本子，这本子每页上都写着人名、住址，好几页上还夹着头发，其中竟然有两页写着"欲杀陈大"，某年某月某地收账。一页是陈二所托，那么另一页呢？显然是另有仇家要杀陈大。

本来陈大还想再骂陈二几句，但转念一想，若不是弟弟打小人偶遇这陌生人，若不是这陌生人贪财，想从弟弟身上再赚一票，若不是弟弟及时以实相告，只怕自己这条命早就没了。

拜别客人后，陈二问哥哥这两人到底是谁，陈大说，客人是父亲生前为官时认识的，详情他也不知道，只是曾听父亲说过，眉间有痣之人，多是开过天眼的玄驹门术士，如果遇见，定要好生款待，不可怠慢。不料如今遇上这兄弟俩，总算逃过一劫，也算是不幸中的大幸。

经历此番险遇，陈家兄弟和好如初，手足相亲，重振家业……

（燕垒生）
（题图：黄全昌）

风雪路上

娟子到省城打工已经三年了,这天,她突然接到父亲打来的长途电话,说她母亲病重,让她赶快回家。娟子急忙买了一张火车票,匆匆赶回家。

娟子的家在辽宁西部的大青沟,每次回家,她都要先从省城乘火车到县城,然后再在县城的长途汽车站乘汽车,才能回到那个生她养她的小山村。路上只要稍微晚那么一点,就赶不上那班长途汽车,她就得在县城住一个晚上。

可是这天,一场罕见的大雪使火车晚点了两个多小时,娟子下了火车,气喘吁吁地赶到汽车站的时候,那班长途汽车已经开走半个多小时了。在空空荡荡的长途汽车站,娟子想起病重的母亲,急得哭了起来。

就在这时,一些专门在车站发"雪难财"的摩托车个体运输户,就像饿狼发现猎物似的,"呼啦"一下就把娟子围住了。

"去大青沟?现在已经没有长途汽车了,坐我的车走吧……"

娟子对这些看上去十分热情的个体运输户是非常了解的,别看他们现在一个个嘴像抹了蜂蜜似的,说的比唱的还好听,一旦你真的上了他们的摩托车,那可就上了贼船了:摩托车开到上不着村、下不着店的山路上,有些车主立刻就会把脸一变,让乘客加车费,如果不加,就把你扔在荒无人烟的大山上;更有一些不法之徒,以载客运输做幌子,对单身女乘客劫财劫色,刑事案件时有所闻。

面对这些个体运输户,娟子怎么敢上他们的摩托车呢?正在犯愁的时候,只见一个身穿火红色羽绒服、脚穿白色雪地棉鞋的年轻姑娘,手里拎着一个摩托车头盔,笑吟吟地走过来,对娟子说:"小妹妹,你坐我的摩托车,总该放心了吧?"

这个姑娘长得眉清目秀,体态苗条,看上去也就是二十五六岁,坐她的摩托车肯定不会出什么事,娟子连忙答应说:"大姐,我就坐你的车。"

那姑娘把娟子带到一辆摩托车前,说:"路上风大,你先去买一个口罩戴上,不然摩托车一开起来,冷风直往肚子里钻,你会得病的。"

"哎!"

娟子急忙跑到附近一个杂货店买了个口罩戴上,果然觉得暖和多了,她回到摩托车旁的时候,那个姑娘已经戴上口罩、头盔、皮手套,一切武装完毕,骑在摩托车上等着她了。

娟子坐到姑娘后边,说:"走吧!"摩托车"噌"的一声就开走了。

摩托车在风雪中驶上了盘山公路,风"呜呜"地吹着,雪飞飞扬扬地下着,娟子紧紧靠在姑娘的身后,非常感激地说:"大姐,谢谢你!要不是遇上你，我今天说什么也不敢坐那些大老爷们的摩托车……"

开摩托车的姑娘就像没听到娟子的话似的，什么话也不说。

由于刚下了一场大雪，弯弯曲曲的盘山公路上，积雪足有半尺多厚，摩托车行驶起来颠簸得十分厉害，司机不时地叉开两条长腿，用两只大脚控制着摩托车的平衡。

就在这时候，一个意外的发现使娟子大吃一惊：她看到这个姑娘两只脚上的女式雪地棉鞋，竟变成了男式长筒大皮靴，这双大皮靴看上去最少也有四十五码，很显然，这是一个男扮女装的"姑娘"……

此刻，娟子全明白了，刚才那个年轻姑娘趁她去杂货店买口罩的时候，使了个调包计，把她骗上了这个男人的摩托车。那个姑娘为什么要这么做呢？难道是和这个男人合伙儿打她的坏主意？想到这里，娟子不禁吓出了一身冷汗。

天渐渐地黑了下来，弯弯曲曲的盘山公路上，前前后后只有这一辆摩托车在行驶，路两边的山坡上和树林里，看不到一个人影儿，娟子坐在摩托车上，真有一种上了贼船的感觉……

摩托车在风雪中颠簸着向前行驶，娟子的心都快提到嗓子眼儿了，她甚至做好了拼命的准备。

不知过了多长时间，摩托车突然"嘎"的一声停了下来，这个男扮女装的驾驶员摘下头盔，看了看娟子，说："下来吧！"

娟子意识到最危险的时候到了，她一下子从摩托车上跳下来，颤抖着往后退了一步："你……你想干……干什么？"

天已经完全黑了，借着路边积雪反射出的微弱的光，娟子看到这个摩托车驾驶员果然是一个浓眉大眼、留着络腮胡子的男人。

娟子下意识地抓起一团雪，一边后退一边说："你别过来……你过来我就跟你拼命!"

看到娟子这个紧张的样子,这个留络腮胡子的男人突然哈哈大笑起来:"哈哈……你好好看看,都到家门口了,你紧张什么!"

娟子这才发现,盘山公路下面的山沟里,正是大青沟村那一幢幢闪着灯光的农舍,刚才只顾胡思乱想,到家门口了自己都不知道。她有些不好意思地说:"换驾驶员,你怎么也不告诉我一声?"

那驾驶员笑着说:"对不起,我和姐姐在长途汽车站看到你着急的样子,就知道你一定是有急事儿赶着回家,可是你又不敢坐男人的车,我们只好使了个调包计。再说,这么大的雪,哪个女人敢开车?快回家吧,我用车大灯给你照路!"

此时,娟子才看清,这个摩托车驾驶员,是个和她年龄差不多的小伙子。在摩托车大灯发出的一束强光中,娟子一边往家走,一边含着热泪说:"谢谢你……"

(崔新三)
(题图:箭 中)

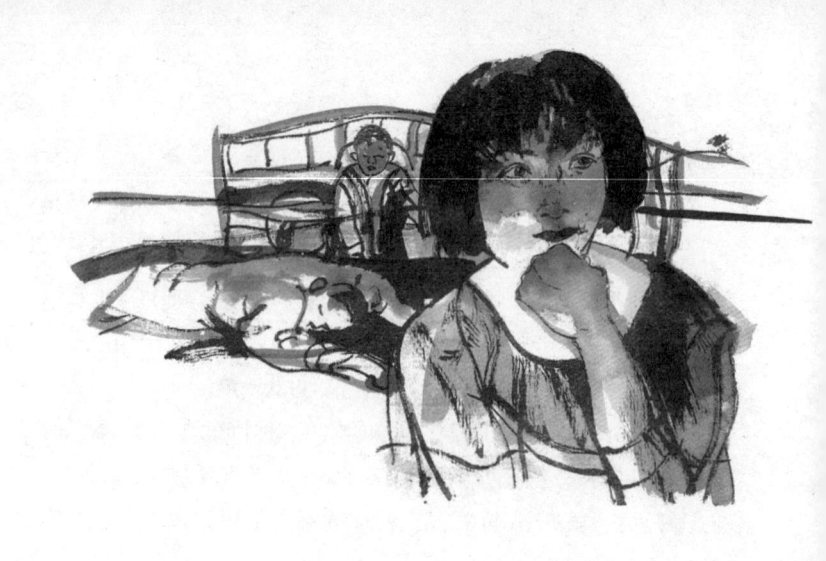

人算天算

大学毕业以后，我留在省城晚报社做记者。

因为我好奇心强，一去就主动要求到"案件聚焦"栏目跑社会新闻，同事们都说像我这样的美女该去做娱乐新闻，可他们哪知道，要不是因为喜欢新奇刺激，我就不做记者了。

这天早上，报社得到消息，说石门乡发生了一起特大凶杀案，蒙面歹徒丧心病狂，趁胡老汉一家五口午睡的时候，用利器割断他们的喉管，然后逃之夭夭。据警方分析，这是一起情杀案，凶手可能是胡老汉女儿胡莉莉的前男友，因恋爱不成，恶意报复。可恰恰是胡莉莉本人逃过了一劫，那天中午她碰巧去了同学家。正巧我最近在做一个青少年犯罪心理的专题，一听案情，立刻决定去采访。

中午十一点多,我乘车赶到了石门乡所在县的县城汽车站,准备转中巴车去石门乡做采访。

正是中午吃饭时间,车上稀稀拉拉只有几个人,驾驶座的旁边堆着一堵墙似的货物。我瞅准了车门前边有个两人座的空位,便一个箭步跨过去,喜滋滋地临窗坐了下来。

根据我的外出经验,这是个舒适安全的好位子。说实话,女孩子长得漂亮,确实好处多多,可出门在外也特别容易遇上无聊色鬼,借着人多拥挤,动手动脚占点便宜,让人有苦说不出。我挑的这个位子旁边只能坐一个人,离司机又近,后面还有很多眼睛盯着,危险自然小得多。更何况这个位子视野开阔,可以边坐车边看风景。

刚坐稳了,一个干瘦老头就来到我座位旁边,手里还拎着一个装猪崽的蛇皮袋。他气喘吁吁地问:"姑娘,这位子有人吗?"

"没人,您坐吧。"我客气地说。要说这猪崽的味道真让人有点不舒服,可老头人看上去干净利落,也很精神,我灵机一动,决定从他开始做侧面采访。

位子差不多坐满时,中巴车终于开动了。我装作漫不经心的样子和老头聊了起来,先是聊猪崽,说着说着就假装不在意地问道:"石门乡最近是不是出了人命案?"

"五条命呢,"老头叹道,"听说是那家女娃的对象干的,那伢子真是作孽哟,好端端的一家人叫他毁了!"

老头嗓门挺大,加上这车上有不少乘客是石门乡人,听到我们在谈这事,其他几个爱凑热闹的,也七嘴八舌议论开了。我仔细地听着他们议论,希望能有些意外的收获。

说着说着车子就过了大山口,路开始有些不平了,车子一路颠簸,把车上的人都颠得打起了盹。

我却没有睡意,无聊地看着窗外的风景,没多久,就看到一个满脸络腮胡子的中年男人,站在路边,冲着中巴车不停地招手。太阳下面,他那顶白色太阳帽特别显眼。车停下来后,大胡子拎着一个皮包跳上车,车子又醉蛇似的开动了。

那大胡子抓紧拉手,扫视着车厢,大概是在找座位。本来,车后排有个空位,可他却走到前面,弯下腰对坐在我身边的老头说:"大爷,跟您商量个事儿……真不好意思开口,您这么大年纪……我晕车,后面颠得厉害,能不能请您到后面去坐?"

我听了这话老大不乐意,可老头却很慷慨地说:"行!这有啥不好意思的?我坐哪儿都一样。"说着,老头拎起蛇皮口袋就朝后排位子走去。

大胡子道谢后斯斯文文地坐下来,抱着包伸长脖子朝车前看了看,便往椅背上一靠,打起瞌睡来。他既没看我一眼,也不和我搭讪,倒让我放心了许多。

睡意袭来,我也想休息一下,可刚有点迷糊,就觉得什么东西在我肩上碰了一下。我警觉地睁开眼睛,看到大胡子已经睡着了,脑壳沉沉地正往我肩上压,碰到以后又条件反射似的弹了回去,一会儿又压了过来。以前坐车的时候,我也碰到过这样的人,十有八九是假装睡着,想占点小便宜。

我拿起背包挡在肩上,可谁知那脑壳碰到包以后竟然顺着肩膀往我胸前滑下去。这下我可火了,看来这家伙是不怀好意,否则那脑壳怎么跟长了眼睛似的?不行,要给这家伙点颜色看看。

我瞅准时机,在他脑壳倒过来的一瞬间,往座位前面一探身,大胡子的脑壳西瓜似的猛一沉,几乎倒在车窗上。这一撞让他猛地惊醒过来,大胡子看看自己的姿势,又看看我愤怒的样子,立刻明白了。

"哎——对不起,小姐,我实在太困了,"大胡子连忙一脸歉意地解释说,"这样吧,你坐到外面来,让我靠窗子睡吧,省得我影响你,行不行?"

我看大胡子确实像几天没睡好觉的样子,又见他说话也很诚恳,心想这倒是个两全其美的办法,不管他说的是真是假,换过来之后看他还怎么作怪?我边起身换座位边冷冷地答道:"那好吧。"

"谢谢你啦!"大胡子点点头,瞟了瞟我,挺肉麻地夸道,"小姐,你不光人漂亮,心眼也挺好!"我没搭理他,也不敢再睡,保持警惕的状态,怕他有什么新花招。可是换过座位后,大胡子压低帽檐,抱着皮包,两眼似闭非闭,靠在窗边,再也没有什么非礼动作。

我松了一口气,看来是自己想歪了,错怪了人家。

正想着,车开到一处三岔道口,迎面开来一辆装钢筋的大卡车,长长短短的钢筋拖在后边。那货车开得很快,两车相遇在交叉口时,卡车快速转弯,驶向岔路。我怎么也没料到,就在一眨眼间,会出现惊心动魄的一幕!

只见拖在车厢后边的钢筋"呼啦"一声突然松动,随着疾驶的货车,蛟龙摆尾似的朝中巴车扫过来,一时间惊叫声和金属玻璃撞击声响成一片,我下意识地闭上了眼睛。

刺耳的刹车声后,车停了。车里乱作一团,身边的货物早就倒掉了,我整个人摔在了过道上,惊出一身冷汗的我爬起来想坐到座位上去,可抬头一看,吓得浑身汗毛都竖了起来,失声尖叫:"啊——"

很多人和我一样看到了恐怖的场面:一根手指粗的圆钢筋,穿过开着的车窗,不偏不倚,深深插入了大胡子的太阳穴!司机吓呆了,张大嘴巴瘫在驾驶座上。后排那老头走过来,伸手试探大胡子的鼻息,又看看眼睛,摇摇头说:"已经走了。"

司机用发抖的手掏出手机,打通电话报了案。

乘客都下了车,我站在车外,仍然十分惊恐。我和大胡子换座位前后不过十来分钟,如果不是自己猜疑,逼得大胡子和我换了座位,那我现在已经不在人世了。想到这些,我后怕得直想哭!再想想大胡子其实是被我害了,好好的一个人就这么没有了。

"姑娘,别难过,这一切都是天意啊,"原先坐在我身边的老头像是看出了我的心思,走过来劝道,"你想想,他先要跟我换座位,然后又要跟你换,眼看就要到站了,这事故不早不迟地发生了,神人也难料呀!"我难过地说:"大爷,您说得不假,可、可是,我心里不安呀。"

大约二十分钟后,警察赶到了现场。一位警官拿过大胡子怀中的皮包,打开来想查找线索,只见包里有一把白亮亮的尖刀,和一个捆得方方正正的纸包。警官取出那纸包一看,吓了一跳,周围人也惊叫起来:"炸药包!"

警官觉得有点蹊跷,他把炸药也交给另一个警察处理,自己盯着大胡子的脸细细打量。突然,他眼睛一亮,从怀中掏出一张通缉犯的照片看了看,伸手在大胡子脸上摸摸,然后轻轻将那胡子撕了下来,露出的竟然是一张白净净的脸!

"他就是石门乡凶杀案的嫌疑人!"警官很肯定地说,"这家伙简直是疯了,如果我没猜错的话,他可能是想今天中午再次作案,杀掉胡莉莉,如果被发现,他就打算同归于尽!唉,真想不到,他第一次作案后竟然没逃走,还敢明目张胆地乘车再去石门乡!"

瘦老头听后,一拍大腿,恍然大悟地说:"这就对了,怪不得他想尽法子要换座位,他是想靠前、靠窗边,好察看路上情况。真是老天有眼,死有余辜啊!"

说完,瘦老头转身对我说:"怎么样,姑娘,我说是天意吧,不然怎么一车人都没事,偏就这么准戳到他头上?找死,这家伙找死啊。"

真是奇了,这样的巧合真是没办法解释,只能说人算不如天算。可刚刚想通我又犯愁了,这下真不知道该怎么去写我的犯罪心理专题稿了。

(白　驰)
(题图:箭　中)

冤家相逢

那是1973年发生的事。那年11月初的一个夜晚，凉风习习，我和劳累了一天的爸爸妈妈早早就上床进入了梦乡。

半夜里，我被爸爸用力摇醒："快起来，14号强台风来了！"一听刮台风，我睡意一下全无，慌忙爬起来。此时，妈妈正搂着弟弟和两个妹妹坐在床沿上。

外面，风声从屋顶上呼啸而过，一次比一次响，一阵比一阵猛，很是吓人。海南岛年年有台风，可我长这么大了还从未听到过这么骇人的风声，那风声真令人毛骨悚然。

我们都睁大着眼睛望着爸爸。爸爸很镇定，他举着手电，不时照着墙壁、屋梁、屋脊。

不一会儿,爸爸穿上雨衣,想开门往外走。妈妈忙问:"去哪?风这么大。"

爸爸扭过头,脸色庄重地说:"听风声,今夜的台风来势很猛,现在越刮越大,连队的这些房子看来顶不住,我去外面喊一喊。"这个时候出去,多危险啊,妈妈急忙拦住:"你出去了,我们怎么办?"

"轰——"又一阵狂风从屋顶掠过。"哗啦啦……"一种怪异的响声从外面传来。爸爸急了,转身说:"阿珍,我是排长,这个时候先要想到大家,这样吧,我出去后,你在屋里盯着房顶、墙壁,一发现情况不对,就马上带小孩冲出去。如果我还不回来,你们就跑到球场中间抱在一块儿蹲下来,我会来找你们的!"说完,开门冲了出去。

妈妈费了好大的劲才把门关上。爸爸一走,我们一下子失去了主心骨,心中更加恐惧了。

"轰——"又一阵风从屋顶呼啸而过,房顶右上角一下撕开了一个大缺口,碎瓦散灰落了一地,有一大块灰瓦险些砸在妈妈头上。没等我们回过神,又听到右边随风传来了沉闷的轰隆声。我们虽坐在床上,却明显地感到从地下传来强烈的震动。

妈妈还在呆愣的瞬间,我猛然发现靠大门的右墙歪向左边。我脱口大喊:"妈,右边的墙歪了。"妈妈一听,吓得连拖带扯地把我们兄妹四人拉下床,朝门口冲去。

妈妈打开门闩,用力拉门,但门没有动;再用力,仍不动。妈妈急了,用两只手拼命拉!可门丝毫不动。我抬头再看,倾斜的右墙恰恰压靠在木板大门上。

"妈,我们出不去了!你看门上面!"我下意识地喊了一声。妈妈抬头一看,突然发疯似的捶起大门:"快来人哪!快来人哪!国强,你在哪——快来人呀!"妈妈那撕心裂肺的喊叫吓得弟妹们搂着我大哭起来。我虽然没有哭,却全身上下都在发抖。

就在这危急的关口,突然,窗口出现了一张黑糊糊的脸,只听有人在大声喊:"大门卡死了,我要砸窗,你们闪开!"那人举起一把锤子,狠狠地朝木窗条砸去。一下,两下,不一会,六条窗栅被砸断了。

"快,小孩先出来!"那人把双手伸了进来。这时我才看清,这人是我们的邻居曾叔叔。曾叔叔的老婆是只"母老虎",经常找茬跟我们过不去,还打过我和弟弟。我们两家的厨房虽靠在一起,却从不往来,双方从不打招呼。在这台风之夜,在这危急关头,来救我们的竟是曾叔叔。我鼻子一酸,差点哭出来。

在曾叔叔的帮助下,我们四兄妹一个个从窗口钻了出去。

我出来后一看:吓了一大跳。原来我们这幢共九间的房屋从右向左倒了八间,只剩下我家住的这间未倒。当曾叔叔刚把妈妈拖出来时,一阵龙卷风刮来,我家这间房屋终于支撑不住,轰隆倒下。几乎是同时,对面的一幢砖瓦房也轰隆一声倒塌了。曾叔叔愣了一下,突然怪吼一声,向对面倒塌的房子冲去。对面那幢房屋的第五间是曾叔叔一家住的。我也不知为了什么,也不知哪来的胆量,也跟着曾叔叔向前跑去。

风雨交加中,曾叔叔与一个身材高大的人撞了个满怀。"老曾是你,风这么猛,小心点。"那是爸爸的声音。"我老婆、还有小华小宝,他们,他们都还没出来哇!"曾叔叔话没说完就号啕大哭起来。"振作点,老曾,房倒之前,我已把你老婆和孩子拉了出来。他们现在都在球场边的一辆牛车底下,你快去吧。"爸爸的声音有些发颤,说完,又补了一句,"不知我的老婆小孩怎样了?"

"爸爸,"我在后面大叫一声就哭了起来,"爸爸,刚才要不是曾叔叔,我们就没命了……"

"老曾!""老李!"风雨中,两个身影一下子紧紧抱在一起。

我呆呆站在他们后面。这一刻,我竟忘记了台风,忘记了寒冷,忘记了一切。

天亮时,风停了,雨住了,我们连队变成了一座陌生的废墟。这场突如其来的强台风,刮坏了所有的房子,刮倒了所有的橡胶林……然而全队大小三百来人,却无一人受伤,无一人死亡。

(吴越海)

(题图:谭海彦)

这是秘密

这天夜里，风雨交加，电闪雷鸣。我的丈夫小冬在单位值班，留下我一个人在家。这样黑的夜，这么可怕的天，让本来胆小的我更惶恐不安。

我坐在床上，不敢入睡，直到眼睛再也睁不开，才下床把电视关闭，再一次查看了门窗后，我才躺进了被窝。

到了半夜，我被噩梦吓醒。回想梦中被人追赶而又无处可躲的情景，头上不禁直冒冷汗。我抹了额上的冷汗，盼望着这可怕的黑夜早些过去。我按亮卧室的台灯，一看表才三点二十分。我叹了口气，无奈地又躺下。这个时候是人们睡得最沉的时候，可我却没有了一点睡意。

突然，我似乎听到门外有一阵细小的声音，像是钥匙开门声，又像是锥子在撬锁的声音。我慢慢下床，轻手轻脚地走近门边，侧耳细听，果然是有人在弄我家的门。这太可怕了,我吓得心简直就要从嗓子眼里跳出来。怎么办?我的脑子在急速地转动:如果让这个"小偷"打开门,进了屋,那可就危险了。我猛地想到,曾经听人说过"强贼怕弱主"的话,而且周围有邻居,只要我一喊,就是抓不住他,也会把他吓跑的。于是,我想了一个主动而又大胆的办法。

我挺了挺胸,壮了壮胆,一手按着楼道灯的开关,一手把门猛地一开,刚要张口大喊抓贼,却一下子惊呆了:我看到的也是一张被惊呆的脸,一张十四岁孩子的小脸。那苍白的脸上挂满了不知是雨水还是汗水,那双乌黑的大眼睛惊愕地直盯着我。好一会儿,他猛地转身"噔噔噔"往楼下奔去……

我久久地呆站在那儿,我的嘴里不由自主地喃喃说着:"是小飞?怎么会是他!"

第二天,当我打开门时,发现锁孔已被撬开了一半。这时三楼的李大妈端着油条走上楼来。她一看见我忙说:"小于,你听说了吗?下面平房的小飞家出事了,一大早来了一辆救护车,大家还以为是小飞爸不行了,哪知道抬出来的是小飞。听说小飞吃了三十多片安眠药,写了张纸条就这样……"

我听了这话,心中不由一惊,眼前又晃过那双惊恐的大眼睛。我连忙问:"大妈,为什么呢?""不知道。刚才买油条时,听小飞的邻居说,纸条上只写着:'爸、妈,儿子不孝,先去了。'唉!这孩子命真苦,他爸爸有病好几年了,躺在床上快不行了。他那个妈妈又不正经,总跟着不三不四的人跑,一去就是几个月。这个孩子不光自己照顾自己,还得管他爸,常常看见他满街跑拾破烂,怎么能上好学?唉!真可怜!"

这天上午,我在单位上班,总是心神不宁,眼前总是晃着小飞那张苍白的脸,那双惊愕的大眼睛。唉!不知道那孩子现在怎么样了?中午,我一下班就往回赶。一打听,有人说小飞已经没有危险了,下午就会出院。我这才放下了心。

不久,小飞的爸爸死了。我们这些同住在这儿的邻居都非常同情他,许多人都去看他,还送给他家一些东西。而我却没有去,我知道小飞害怕看到我。我的丈夫小冬对我这种做法很不理解,他说:"你一向乐于行善济贫,这次咋啦?"我对他的疑惑只是淡淡一笑,却没说一句话。

又过了一个月,一个清晨,我被一阵敲门声惊醒,忙起床开门一看,是小飞。他穿得比以往干净,也新。看到我不解的目光,他低下头说:"小于姐,我来向你告别,我要跟妈妈去石市了,可能再也不回来了。谢谢你没有说出那个秘密。"说完向我鞠了一躬,没等我说话,又"噔噔噔"下楼而去。

小冬非常好奇地问:"怎么?这个孩子的秘密,你怎么知道?是什么?"我酸楚地一笑说:"这是秘密。"

(于 余)
(题图:施其畏)

鬼 屋

小伙子李铭一天去街上办事,不小心把一个老头儿撞倒在地,而且倒下去就不会动弹了。这可把李铭吓得半死,好一顿忙活,老人总算苏醒过来。李铭要送他去医院检查,可他说不用,他患的是冠心病,经常休克,说完顾自走了。李铭怕他路上再出事,就护送他回家,直把他送到家门口才离开。

在回来的途中,李铭碰上了老同学赵燕。久别重逢,分外亲切,赵燕非拉李铭去她家作客不可。盛情难却,李铭只得跟她而去。

到了赵燕家,李铭愣住了,这不就是刚才送那位老人回家的地方吗?细细一看,一点没错,四间中式红砖瓦房,一个用砖墙围起来的小庭院,院子东边还有一间放杂物用的小屋。于是他笑着说:"啊,这里我熟悉,刚才我送你老爹回家时来过。"

赵燕一听也笑了:"你别胡扯,我家没有老爹,我九岁死了父亲,公爹也死了三年了。"

"这是绝对不可能的。"李铭把刚才的事详详细细说了一遍,并将老头的模样作了一番描述。

赵燕听完,吃惊地说:"老天爷!我公爹死前就是这模样,他进哪间屋啦?"李铭用手一指:"喏,就进了西屋。"赵燕吓得脸色大变,失声叫道:"那西屋成年上锁,根本不住人,天哪,这真是活见鬼了,我可怎么办呀?"

大白天出了鬼,自然是可怕的。赵燕吓得手脚冰凉,哪有心思招待客人?李铭也不由得毛骨悚然,无心久留,匆匆告别而走。

很快,一个月过去了。这天,李铭在街上又碰上了那个老头,只见他呆呆地坐在路边的水泥台阶上,一副有气无力的样子。李铭怕再次活见鬼,没敢贸然上前问话,只是站在十几步以外,细细地观察。可他左看右瞧,这个老头除了身子骨特瘦,眼神发呆以外,怎么也看不出他与别的老头有什么不同之处。于是就壮了壮胆,上前问道:"大爷,你又犯病了吗?"老人抬头朝李铭看了一阵,突然想起来了:"噢,上次就是你送我回家的吧,小伙子真好。"李铭为了解开上次那个谜,便说:"大爷,我送你回家吧。"

就这样,李铭再次护送老人回家,一路上还谈了许多话。到家一看,他才明白是自己弄错了,原来这位老人住在北三街,而赵燕住在北四街。巧的是他们两家的房屋、院子一模一样,连建筑工艺都像是同出一位师傅之手。

既然知道弄错了,就得解释清楚,免得产生不良后果。因此李铭急忙赶到赵燕家里，可他万万没有想到，眼前的赵燕已和一个月前大不一样了，她那原来已经发福的身子瘦得像一条带鱼，眼窝深陷，一副病态。

李铭见此情景，好不吃惊，忙问："你病啦？"赵燕摇摇头："没病，是被……"她想说"是被鬼吓的"，可话到嘴边又缩了回去，"不说了，一切听天由命。"李铭这才真正感觉到事情的严重性，连忙说："赵燕，我上次讲的那件事全是我无中生有，胡说八道，你可千万别当真呀！你知道吗？事情是这样的……"他把今天又一次送那老头回家的事讲了一遍，并说："你若不信，我领你到北三街去实地考察，见见那个老头。"但不管他怎么解释，赵燕就是不信。她只是摇着头说："你别来宽我的心啦，我不信你这么个大活人，会连北三街、北四街都分不清。你不知道，自从你上次来我家之后，我家西屋每天晚上都有响动，我还常在梦中见到他，他真的回来了。他回来干什么？还不是因为在他生前，我有亏待他的地方呀……"她说着说着，竟哭了起来。

这可把李铭弄得十分尴尬，而且手足无措。此后，他虽想了许多办法，企图解释清楚，但如对牛弹琴，毫无作用，闹得他连赵燕家里都不敢去了。

一晃又过去了一个多月。这天，赵燕突然来到李铭家里，只见她脸色红润，容光焕发，喜气洋洋地对李铭说："好了，好了，一切都解决了，离开了他，再也听不到那可怕的声音，身体也一天天好起来了。"听了这话，李铭觉得丈二和尚摸不着头脑，后来才弄清楚：原来半个月前，赵燕与人家调了房，离开北四街，住到另一个地方去了。这一搬家，似乎把那个天天晚上上门来的鬼也甩掉了。赵燕邀李铭去她新家玩，还对李铭说："那件事我是保密的，你可千万别说出去呀！"她像捡了个大便宜似的兴高采烈。

此刻，李铭心里感慨万分，原来，跟赵燕调房的正是他的好友！他们之所以要调房，是因为前不久在三家共用的厕所里吊死了一个老太太，后来厕所里就闹起了鬼，吓得大家晚上不敢上厕所，一家家都先后与别人换了房。

对这些，李铭当然守口如瓶，不予揭穿，但总有点哭笑不得的感觉。他常想：人啊人，瞎折腾点啥呀？

(王兴全)
(题图：谭海彦)

咳嗽不止的狗

　　克里丝汀出身于美国乔治亚州的农村，是个从小性格叛逆、喜欢随心所欲的女孩。就在30岁生日到来的几周前，她突然宣布要放弃在一家大公司的高薪工作，去实现她的人生梦想：成为一位专业雕塑家。

　　紧接着，克里丝汀卖掉了她在城里的高档住房，搬到了亚特兰大一个偏僻地区，一座被废弃的磨坊里去住，她计划将一半的空间改装为专门的工作室，另一半作居室用。

　　父母得知克里丝汀的这个举动后，十分惊讶和担心，因为克里丝汀所谓的工作室，离当地监狱只有几里之遥，可克里丝汀却无所谓，她甚至还认为没有必要安装昂贵的防盗系统。

　　父亲还是不放心，他费尽心机地托朋友给女儿弄来了一条警卫犬。

这狗叫比肖普，它的前主人一直虐待它，所以性格有些乖戾，对人类很不信任。克里丝汀对动物一向十分喜爱，她精心照料，仅仅过了几个星期，比肖普就十分依恋克里丝汀，只要有人试图接近她，比肖普就会十分警惕，保护她不受伤害。

一天上午，克里丝汀从外面回来，发现比肖普虚弱地躺在地板中间，不断地咳嗽，爪子在地上不停地刨动。克里丝汀不知道发生了什么事，她蹲在比肖普身边不停地安抚它，试图检查到底是哪里出了问题。

突然，比肖普用嘴扯住克里丝汀的裤腿，将她往门外拽，到了门口，又沿着右边的小道走。这条小道的尽头有一家小型兽医院，克里丝汀曾带着比肖普去过几次，看来，比肖普一定是很不舒服，聪明的它竟然懂得引导主人带它去找兽医救治。克里丝汀明白了比肖普的用意，她迅速把比肖普抱上车，朝兽医院驶去。

等兽医做了一系列检查后，最后确定比肖普没有什么大的危险，却不知道它为什么总是咳个不停。

"别太担心，"兽医安慰克里丝汀，"比肖普看上去非常健康，不会有什么问题的。我想下午的时候，再给它做些额外的检查。要不，你先回家，如果有什么发现，我会打电话给你，你不用一整天都等在这里。"

克里丝汀答应了，正要走，比肖普却扭过头来对着她叫，因为咳嗽，它的叫声显得十分费力。克里丝汀知道比肖普舍不得她走，便心疼地走过去，摸摸比肖普的头，说："亲爱的，放心，我明天就来接你，我保证。"

克里丝汀在比肖普头上亲了亲，转身走了。没想到，比肖普比刚才更激动，它甚至想挣脱兽医，冲下检查台。兽医不得不给它注射了一些镇静剂。克里丝汀告诉兽医，她这就回家取一些比肖普喜欢的玩具过来，这样等它醒来的时候，不会显得那么紧张。

于是，克里丝汀开车回到家，刚进门就听到卧室里的电话响个不停，她顾不得换鞋，连忙跑进屋拿起电话。

"请问哪位？"她气喘吁吁地急着问，电话另一头是兽医的声音："克里丝汀，我们找到比肖普的问题出在哪里了，你赶快过来。"

"好，我一个小时后就过去……"

电话里兽医的声音显得十分决断："不，克里丝汀，你现在马上就过来！"听起来，兽医说话时在竭力控制着紧张的情绪，克里丝汀觉得他一定有什么事情瞒着自己，她连忙问："发生什么事了？比肖普还好吗？"

克里丝汀并不知道，就在她走后，兽医又对比肖普做了一些检查，当他最终从比肖普的喉咙里发现了一样东西时，他意识到必须立刻给克里丝汀打电话。

"你过来我们再说，"兽医的声音越来越大，情绪越来越激动，"你必须现在就到车里去！"

"为什么你不在电话里说？"克里丝汀满心不解，兽医突然大声叫道："你一个人在屋里？"

兽医话音刚落，克里丝汀顿时觉得一阵寒意掠过全身，毛骨悚然，她说："是的，为什么问这个？"她听到兽医在电话那头深吸了一口气，说道："仔细听好了，我们发现了比肖普咳嗽不停的原因。"

这时，克里丝汀才注意到卧室的玻璃窗上有个洞，窗户也没有关好。

"克里丝汀，你还在听吗？"

"在听。"克里丝汀的声音开始颤抖起来，接着，她看到了地毯上的血迹，穿过房间一直延伸到壁橱门那里，她正心惊胆战地察看着，电话那头兽医又说了起来："我不知道该如何和你说，我们在比肖普的喉咙里发现了几根手指……是人的手指！"

原来，就在克里丝汀今天回到家之前，附近监狱里有一名逃犯闯进了她的家，比肖普发现后，与逃犯展开了激烈的搏斗，比肖普大伤元气，但它也勇猛地咬下了逃犯的几根手指，逃犯吓得躲进了壁橱……

现在，兽医担心的是，这个受伤的逃犯很有可能还没离开克里丝汀的家！

在兽医说话时，克里丝汀呆呆地看着壁橱门生锈的铰链慢慢地滑开，在昏暗的壁橱里，她清楚地看到里面藏着一个身材高大的家伙，他闭着眼睛蜷缩在那里，鲜血从他的断指处不断地往下滴，他身上穿着监狱里的囚服……

克里丝汀竭力抑制着惊慌的心情，终于明白了为什么刚才比肖普不让自己离开医院，她对着电话筒小声说道："屋子里藏着一个人……"

"天哪，克里丝汀，赶快跑出去！"

电话突然中断了……

(编译：方陵生)
(题图：佐　夫)

恐怖饭店

撞死一条狗

刘建是乡政府的司机,这天他送几位客人回县城,为了抄近路,刘建开车穿过一个小山村。车子经过村头的小饭店时,突然从饭店里冲出一条黄狗,跑到路中间,对轿车狂吠起来。刘建刹车不及,一下子从狗身上压过去,黄狗哀叫几声便咽了气。

狗叫声惊动了饭店里的一个中年妇女,她飞奔出来,一看见狗的惨状,当即又跳又骂起来。刘建连忙下车,走上前赔着笑脸说:"大嫂,真对不起,我们可以赔你钱……"

中年妇女拽住刘建的衣服不撒手,说她家这狗机灵聪明通人性,是她多年的伙伴，它的命是不能用几块钱买去的，今天这事不好好说道说道别想走。刘建又鞠躬又作揖地央求道："我的好大嫂，我知道你是个通情达理的人，我这车里今天确实有重要的客人，耽误不得呀。"他附在中年妇女的耳边，嘀嘀咕咕地说了一通。

那中年妇女一听，愣了一下，想了想，爽快地说："你有事，我也不难为你，只要你答应我一个要求，一分钱也不用你赔，就当我没喂过这条狗。"刘建忙问是什么要求，中年妇女一字一顿地说："你们必须在我的小店里吃一顿饭！"

"这——"刘建为难地说，"午饭我们的领导已经在县城里安排好了，我只是个小司机，随便吃饭，这报销的事……"

中年妇女嘴一撇，道："你把我当成什么人了，怕我宰客啊？实话告诉你，我这饭是免费的。"看到刘建惊疑的样子，她又自我介绍说，她叫阿青嫂，知道这一些客人都是大人物，如果在她这个乡村小店里吃顿饭，能给她的小店贴贴金，做一次难得的广告。

不等刘建答话，阿青嫂又如数家珍地报出一串农家特色菜，最后她又一拍脑门道："看我，这不有现成的狗肉吗？用高压锅一炖，那肉可香呢，比城里卖的狗肉强到天上去了！"

刘建说去和领导们商量一下，他乐颠颠地跑到轿车旁，俯身向里面说了几句，然后转身朝阿青嫂一挥手："成，赶紧准备吧！"

阿青嫂把黄狗拖进去，三下五除二便剥了皮，剔了骨，"啪啪"一刹扔进了锅里。炖狗肉的时候，她又手脚麻利地倒腾出几个菜。不到半个小时，桌子上就摆满了各色农家菜，特别是最后端上来的那一大盆清炖狗肉，闻一闻就让人口水直流。

几个人下筷子一尝，不禁连声叫绝，这一下阿青嫂更高兴了，拿出几瓶陈年老酒，给每人都满上，还自己带头喝了一杯。乘着酒兴，她把那乡村典故、邻里趣事绘声绘色地讲出来给大家助兴，逗得几位客人开怀大笑。

几杯酒下肚，大家的脸都有点红了，刘建卷着舌头道："阿青……嫂，你这么会讲……故事……再给大家讲个段子如何……"

阿青嫂倒不迷糊，她说："黄段子我不会讲，不过也不扫领导们的兴，我就讲个吓人的恐怖故事吧，保准让你们听后心惊胆战，一辈子都忘不掉！"一个挺着将军肚的客人不屑地说："你把我们当成三岁小孩了，什么恐怖的场面我没见过，难道你讲的比香港的鬼怪电影还吓人？"

阿青嫂微微一笑，说："究竟吓人不吓人，谁也别先下断语，你且听我说——"

故事真吓人

咱这一带，以前属于天阳县管辖，这一年，县令陈况任期已满，要告老还乡。他把行李箱柜都交给管家带着从正门出去，他自己则从后门出去，从小路出发，讲好出了县境再会合。他这样做，一来是怕应付那套烦琐虚假的送别仪式，二来是想再好好看看治下多年的山水，他心里还真有点不舍得走呢。

陈况一路走一路看，走到一个山坡的时候，看到前面有一个穿着红袄的小媳妇，边走边哭。陈况觉得奇怪，就追上去问道："你是哪家的媳妇啊，是不是受了丈夫的气要回娘家啊？"

小媳妇像没有听见似的，不扭头不回答，还是哭着向前走。陈况是个热心人，他干脆跑到前面拦住小媳妇，正要开口问，猛一看见小媳妇的脸，忍不住大叫一声，只见那小媳妇脸上根本没一点肉，全是白森森的骨头。这时，小媳妇的哭声停止了，从脸上那黑洞里传出尖利的声音："陈县令，我可等到你了，快还我命来！"

陈况吓得魂不附体，转身就逃。他在前面跑，小媳妇在后面追，有几次她那白骨森森的手都搭到了陈况的肩上。陈况没命地跑，也不知跑了多长时间，蓦地看到前面有一家插着酒旗的客店，他不顾一切地叫喊着救命跑了过去。

店家闻声赶出来，惊异地问他："这位客官，你为何这么慌张，到底出了什么事？"

陈况气喘吁吁地说道："鬼……鬼在撵我！"店家上上下下打量了他一番，说："客官是不是喝多了？这日头当空，乾坤朗朗，哪来的鬼呀？"陈况定神回头一望，可不是吗？但见蓝天白云，太阳高照，山坡上青草黄花，小鸟鸣叫，一派迷人的景象，哪里有鬼魂的影子啊！可刚才的一幕又是那样的清晰，真叫陈况百思不得其解。

店家热情地邀请陈况到店里坐坐，这一惊一吓，陈况也感到累了，正好到里面喝点酒压压惊，歇息歇息。陈况吃了几口菜，喝了几杯酒，心里还是觉得刚才的事很是蹊跷，于是就和店家聊了起来，他说："我做官这么多年，平时谨小慎微，虽然没有显赫的政绩，却也从没办过伤天害理的事，怎么有人找我索命呢？真叫我百思不解啊！"

店家随口说道："这做官的，手握大权，有些在你看来无关紧要的事，对别人来说都是天大的事，有意无意中犯下大错也是难免的，只是你自己觉察不到罢了。"两人只顾说话，没注意到不知从什么时候起，天色渐渐暗了下来，仿佛天空突然被乌云笼罩，同时闻到空气里有一种说不出的怪味，门外还传来怪声。

陈况见此情景，心中狐疑，急忙拉开门向外观看，不看则已，一看登时吓得他三魂掉了二魄，门外竟然黑压压地站了一大片面目狰狞的鬼魂，有的枯瘦如柴，有的肿胀如球，有的弯腰驼背，有的头小脖粗。陈况刚一露头，就被一个鬼拽了出去，那鬼嘎嘎笑着喊："我抓到他了，他的命是我的，应该还给我！"其他的则一拥而上你争我夺，乱纷纷地喊着："是我的，是我的！"

就在这千钧一发之际，店家推开众鬼，奋力向前，把陈况拖回店里，然后拉着他往后院跑，三拐两拐，甩掉众鬼，钻进地下室，咚的一声关上门。

陈况气喘吁吁地问："吓死我了！这里安全么？"店家说这里没问题，绝对安全，四周没有窗户，门又是铁的，非常牢固，砸也砸不破的。陈况的心这才放下，两腿一软，瘫坐在地上。就在这时，店家却突然仰天大笑起来，笑得五官都错了位。陈况把眼睛瞪得溜圆，结结巴巴地问他笑什么，店家勉强止住笑，目露凶光地说："这下可没人跟我争了！"

故事里的鬼

阿青嫂绘声绘色，把气氛渲染得很足，几个人都听得入了神，就连刚才那个说什么场面都见过的将军肚也露出害怕的神色。阿青嫂给大家沏上茶水，有人喝了一口，皱着眉头道："这水的味道怎么有点怪？"

这时，刘建突然说道："天阴了？屋里怎么这样暗？"大家这才发现店里果然光线昏暗，有的人眼尖，看到竟有缕缕轻烟从门缝钻进来，弥散在屋子里，同时还有一股刺鼻的味道。

也许是阿青嫂的故事还在起作用，人们的心头都涌起一种不祥的感觉,莫非这个故事还真能应验?将军肚含糊不清地嘟囔着,就去开门,大概是想看看外面是不是真的天阴了。谁知,他一拉开门,就发出一声变了音的尖叫。众人一看,也都惊呆了——门外站着的,分明是一群形态各异的"鬼"——中间的那个,瘦得简直令人不堪目睹,如果去了包着的一层皮,纯粹是一副骷髅架;左边的那个,眼窝深陷,犹如两个黑洞;右边的那个浑身肿胀,泛着油光……

"鬼!鬼呀!"不知是谁惊骇地叫了一声,几个人拔腿想跑,可是战战兢兢不知往哪里跑。关键时刻还是阿青嫂镇定,她喊了一声:"大家不要慌,赶快跟我来!"领着大家往后跑,众人跌跌撞撞在后面紧跟着。

等大家都跑到一间房子里,阿青嫂反身把门关好,看着那结实的防盗门,众人不由产生了些安全感,悬起的心才慢慢放下来。刘建擦擦头上的汗,正要坐到桌子旁的椅子上,屁股还没有挨着椅子,却又像被马蜂蛰了一样腾地跳起来——原来在桌子上赫然放着一个黑漆漆的骨灰盒,后边是一幅放大的照片,两旁还贴着挽联,俨然是个灵堂。

众人都禁不住倒吸一口凉气,浑身的汗毛又根根竖了起来,刚想向阿青嫂问个究竟,就在此时,阿青嫂说了一声"这下好了",随即发出一种怪笑,全身抖动着,手舞足蹈起来,脸上的肌肉扭曲着,要多难看有多难看。

"我的妈啊!"将军肚大叫一声,瘫坐在地上,其他几个人也都抖如筛糠。刘建掏出手机,哆哆嗦嗦好一会儿,才拨通了110……

十多分钟后,警车呼啸着赶到了饭店,"闹鬼事件"很快水落石出了:站在门外的,不过是几个村民,他们怎么成了那个样子呢?说起来这还得"归功"于村外小河上游的几家化工厂,村民饮用了受到污染的水以后,引发了各种各样的怪病,阿青嫂的丈夫也在前几天去世了,桌上放的就是他的骨灰，就连阿青嫂自己，也患上了过敏症，只要刺鼻的气味一浓，就会浑身抽搐。

村民们曾经多次向上反映，结果总是来几个人走马观花看一看，再也没了下文。刘建这次开车送的也是上级派来的一个检查组。阿青嫂了解了他们的身份后，心生一计，就把他们留下来，然后打电话通知村里得病的村民过来，想让领导看看他们的惨状。

而那边，化工厂以为检查组的人走了，马上开始生产，滚滚烟雾霎时遮没了天空，刚好为阿青嫂设计的故事营造了逼真的气氛……

晚上，阿青嫂独自坐在桌子旁，对着骨灰盒说道："孩子他爹呀，你整天说我没事爱瞎扯，今天我可扯了一件好事哩。那个将军肚——不，那个处长同志说啦，在咱这儿遇到的事他一辈子也忘不了，他还说回去后立即把这件事向领导反映，一定早日解决，咱村的恶鬼就要被赶跑了啊……"

(郭　选)
(题图：安玉民)

惊魂恰卡斯鬼堡

在德国小城博格萨斯沿海边的土丘上,有一座 18 世纪遗留下来的小城堡,它外观斑驳不堪,又因为常常闹鬼,人称"恰卡斯鬼堡"。

今夜,城堡的主人霍斯特·梅拉格特地从纽伦堡赶来,迎接中国留学生古忠平夫妇。

古忠平夫妇是中国南方大学心理学研究生,这次赴德国,一是攻读博士学位,二是凭吊先父古汝学的亡灵。三十多年前,古汝学曾在博格萨斯大学研究心理学,他和梅拉格是同学,当年不幸死在恰卡斯鬼堡的一间卧室里,死亡记录很简单:古汝学,男,37 岁,死于子夜闹鬼事件中。

古汝学的死对梅拉格刺激很大,悲伤之中,他将恰卡斯城堡交给一位看门人照管，自己迁到纽伦堡，这一晃就是几十载。

见到老同学的儿子、儿媳，梅拉格显得十分激动，他嘴哆嗦着，泪水在眼眶里打转，一番长谈后，亲自叫来满脸大胡子的看门人，让看门人料理古忠平夫妇的起居。

第二天清晨，当一缕阳光射进古老的城堡时，古忠平醒了过来，他一歪脑袋，突然发现紧闭的木板门下有一张白纸，他心头一跳，悄悄地下床捡了起来，一看，不觉呆了，上面是一行流利的中文：欢迎古汝学先生的亲属！

古忠平忙叫醒妻子袁兰，袁兰看了纸条，自言自语地说："咦，在这异国他乡的城堡里竟还有人会写中文，他是谁呢？"

两人猜了半天，没猜出是谁。于是袁兰用手指指窗外，提议道："今天天气多好，咱们散散步吧！"

恰卡斯城堡的花园很大，满园的丁香花芳香四溢。古忠平夫妇走在用碎石铺成的小径上，心情非常愉快，拐了一个弯，前边便是城堡的大门了。这时，他们发现大胡子看门人在慢慢地打扫着满是树叶的路面。

"您早！"古忠平用纯正的德语向看门老人打招呼。

"唔……"老人嘴里似乎含着什么东西，喉咙里发出含糊不清的声音。

袁兰也用德语夸道："啊，多美的花园！"

"唔……"大胡子老人用手指着满园的花草，然后抬起头看了看天空。就在这时，一个声音从小径上传过来："你这懒鬼，还不快扫地去！"

古忠平和袁兰抬头一瞧，见是梅拉格叔叔，便迎上前去。

梅拉格手指着看门人，脸上显出不屑一顾的神色："他是个疯疯癫癫的人，三十多年前我就让他看管城堡，可他干活总是偷懒，在客人面前老是出丑。"

古忠平笑着说:"梅拉格叔叔,我看他挺友好的!"

梅拉格转过身用手掌拍了拍看门老人的肩,说:"听见了吗?客人夸奖你呢!"

老人一个劲地点着头:"唔……唔……"

梅拉格挥了挥手:"好了,干活去吧!"

老人眼里露出惧怕的神色,拖拉着扫帚一颠一颠地走开了。

梅拉格转过脸,关心地问:"昨晚睡得好吗?"

古忠平笑着答道:"博格萨斯的海滨之夜令人难忘,它伴随着我们度过了一个美好的夜晚。"

"是吗?哈哈……"梅拉格大笑起来,"我记得,三十年前你父亲也是这么说的。"

古忠平想起此行的目的,就趁机要求道:"梅拉格叔叔,当年我父亲是在哪间卧室里碰见鬼的?我们想在那卧室里住一夜。"

梅拉格闻听,显得有些为难:"这个嘛……我清楚你们中国人的感情,只是这鬼……"说到这里,他朝袁兰望望,说:"袁兰小姐,你是大名鼎鼎的《心灵学初探》的作者,你相信鬼吗?"

袁兰的脸微微红了一下,很得体地说:"梅拉格叔叔,我那篇文章肤浅得很,在您老前辈面前不值得一提,至于说到那鬼嘛,我是既信又不信。"

梅拉格哈哈大笑,爽快地说:"好吧,我是你们父亲的好朋友,应该设法满足你们在这儿的一切要求。"

古汝学住过的卧室不大,四周全是用岩石块砌成的,要不是有绿色屏风,人们还以为走进了一个石洞。晚上,古忠平和袁兰各自捧着一本书读着,直到墙上的古老挂钟敲过十下,古忠平才放下书说:"袁兰,不早了,睡吧!"

袁兰伸了一下腰,打趣地说:"嗨,这恰卡斯鬼堡根本没有鬼嘛!"

就在这时,古忠平蓦地发现,房门下有一张纸在慢慢地移过来。他惊呆了,双眼一眨不眨地望着,直到纸片停止移动。

袁兰也发现了这一情况,她蹑手蹑脚地走到门边,然后朝古忠平招了招手,猛地拉开房门,只见一个身影往城堡最高层的钟楼奔去。

古忠平和袁兰不敢盲目追赶,便把门关上。袁兰拾起纸片展开一看,上面是一行流利的中文:住这屋子请别怕,只闻其声不见人!

古忠平不由得笑了起来:"嘀,还是中国式的打油诗!"

"忠平,这人要干什么呢?"袁兰抖动着纸片显得有些不解。

古忠平怕妻子害怕,就故作轻松地说:"管他呢,欧洲人可是非常幽默的,也许是在和我们开玩笑。睡吧,我可困了。"

吹了蜡烛,古忠平不一会儿便打起了呼噜。袁兰却怎么也睡不着,恍惚间好像觉得有人拉门,声音由轻而重,吓得她不由高声大叫:"忠平,快点灯。"

古忠平翻了个身没醒,袁兰不敢再睡了,侧耳细听着周围的响声。四周又静了下来,渐渐地袁兰也睡着了。

也不知过了多久,袁兰被古忠平推醒,"袁兰,有……有人敲墙!"

"咚咚……咚……咚咚……"一阵紧似一阵的敲击墙壁声在房间里响了起来。

古忠平和袁兰互相对视,一动也不动。不一会儿,一个古里古怪的声音从墙那边飘来:"古汝学先生,晚上好!"这声音在空旷的恰卡斯鬼堡里实在令人恐怖。

突然,一个大胆的想法在古忠平脑中升起,他幽默地说:"先生,你好像是个没有离开地球的鬼魂!"

"这与你无关!我能为你效劳吗?古汝学先生?"

古忠平朝袁兰眨了眨眼,示意她将桌上的录音机拿来,揿下录音键,然后又说:"鬼魂先生,我们是古汝学的后代,你有什么事要告诉我们吗?"

四下里又是一片寂静,很久,才又响起"笃笃……"的敲门声,这声音让人觉得毛骨悚然。就这么僵持了很长一段时间,门外无声息了,古忠平鼓足勇气,走过去拉开一条门缝,屋外没人,再往地上一瞧,又见一张白纸躺在那里,他赶忙拾起来一看,上面写道:注意13—24。

"13—24?这是什么意思呢?"袁兰也轻声说:"是不是有人在暗示我们什么东西?"古忠平夫妇陷入沉思之中。无意之中,袁兰好像悟出了什么,她沿着墙角走着,一步一步,咦,正好13步,她惊喜地嚷道:"忠平,13步!"

"13步?"古忠平被提醒了,他上下左右望着,又从下往上数着石块,数到第24块时,正好一人高,古忠平兴奋起来,认认真真地审视着那石块,终于发现四周的石缝比其他的都粗,伸出手指敲了敲,声音也比其他石块脆,古忠平便断定这石块有问题。他让袁兰拿来小刀,沿着石缝挑着,很快就发现,石缝间不是石灰而是软泥,因此轻而易举地就使石块松动了。

一个重大的秘密就将展现在他们面前,两个人都紧张得透不过气来,他们小心翼翼地把石块搬下来,用手电筒往里一照,不由惊呼起来。原来里面是一条弯弯曲曲的通道。

古忠平夫妇此次住进恰卡斯鬼堡,就是想弄清父亲的真正死因,眼下面对这奇怪的现象,他们一时间热血沸腾,竟忘了害怕,一前一后地钻进了暗道。

一股潮气和霉味迎面而来，两人不由打了个冷颤，他们手拉手地向前摸着。突然，古忠平的手电不动了，他发现一面石壁上留有字迹，仔细一看，不由倒吸了一口凉气，石壁上用中文写着："生何欢，死何苦，惨淡人生路。长别离，短相聚，铭感游子情。"

"忠平，快看！"袁兰推了推沉思着的丈夫，惊叫道，"你看，下面署名是古汝学。"

"啊，是父亲！他真的是被人害死的！"古忠平热泪盈眶，果断地对妻子说，"梅拉格有重大嫌疑，我们马上去找当地警方！"两个人打定主意，立刻按原路返回，可是来到原来那堵墙下，却怎么也找不到那个石洞口了。古忠平和袁兰吃惊地对望了一下，脑海里不约而同地升起不祥念头：有人把石洞堵上了，要他俩永远呆在这阴暗潮湿的暗道里，像当年父亲一样默默地死去。

两人正在沮丧，前方却奇迹般响起了脚步声，随着脚步声，前面通道出现了一个人影。古忠平怕遭人暗算，赶紧揿亮手电筒，这一照，他和袁兰都惊叫起来："啊，是看门人！"

看门人慢慢走近，他用含糊不清的中国话说："我叫迪格里希，别出声，我带你们出去！"说完转身往前走去。此刻，古忠平和袁兰已经预感到看门人一定有重要的事情告诉自己，所以，一声不吭地紧跟着他。这是一条人工挖掘的小道，越往前走路越窄，窄得人只能侧着身子走。不一会前面出现了一点儿微弱的蜡烛光，看门人回头说："到了，上面是我的房间。"

从洞口上去，一间不大但很整洁的卧室呈现在他们眼前，古忠平不由问道："大伯，这屋子在哪个方向？"

"在花园里，旁边就是花房！"看门人边说边拉开酒柜取出一瓶威土忌,"来,先喝上一杯压压惊!"

古忠平接过酒杯,很爽快地喝了下去,然后直言问道:"大伯,您一定想告诉我们什么吧?"

看门人的脸色变了,他从一个黑色的皮箱里取出一架擦得铮亮的幻灯机,说:"我让你们看一套幻灯片。"

第一张幻灯片打出后,古忠平就发现画面上是博格萨斯大学的大礼堂,一个身穿中山装的中国留学生在演讲。"这就是你们的父亲古汝学。"看门人在一旁解释,"三十年前,恰卡斯城堡的主人梅拉格,特意邀请你父亲住到他家里。"

第二张幻灯片画面比较简单,一个年轻的德国人在挨打,旁边一个中国留学生上去阻挡。不用解释也能看出,年轻人就是看门人,那留学生便是古汝学。

接下来一张幻灯片画面较复杂,那个留学生在伏案写作,梅拉格在一旁站着。看门人解释道:"古汝学在恰卡斯城堡住了将近半年,写出了一叠论文稿,特别是对心灵致幻现象作了许多新的解释。"看门人一边说着一边又换了一张幻灯片,这是古汝学在教看门人中文。

古忠平恍然大悟,脱口说道:"大伯,原来你的中文是我父亲教的?"

看门人点点头,又愤愤地说下去:"梅拉格人面兽心,早就想将你父亲的研究成果窃为己有。那是一个漆黑的夜晚,你父亲把整理好的论文稿署上姓名,突然卧室门被撞开了,梅拉格带着几个彪形大汉冲进来,他们抢去了论文稿,然后把你父亲打昏扔到那个暗道里。后来我知道了这件事,便从自己的卧室里打洞,可等到打通了洞,你父亲已经咽气了。"

"爸爸……"古忠平悲痛万分,泪流满面,恨不得马上冲出去与梅拉格拼个你死我活。看门人又换了一张幻灯片，画面上一个西装革履的青年人在主席台上演讲，下面不少人在鼓掌，一条英文横幅在主席台上方挂着：博格萨斯大学国际心理学研讨会。

看门人沉吟片刻又接着说下去："这是三十年前的大会。这次会议以后，梅拉格就成了世界著名的心理学家。哼，他自以为天下没有人知道这件事，岂知你父亲的论文草稿就在我手中。我一直在等着机会，今天你们来了，这真是苍天有眼啊。"

古忠平紧紧握住看门人的双手，激动地说："谢谢大伯，我父亲的冤仇终于有了出头之日。放心吧，梅拉格逃不了历史对他的惩罚！"

袁兰也咬牙切齿地说道："梅拉格是个恶魔！我们应该早日把这份论文草稿公布于众，彻底揭露这个人面兽心的骗子！"

"好！我就等着这一天了！"看门人十分高兴，"来，我带你们去钟楼取草稿！"

夜深了，看门人拉开卧室的房门朝外望了望，然后向他们招了招手，古忠平和袁兰跟着他向钟楼跑去。

钟楼上有一口青铜大钟，看门人早晚各敲一次，方圆几十里的人都已习惯了这古老而又有力的钟声。如果哪一天钟声没有敲响，不少人都会跑来询问。这钟声成了博格萨斯城的象征。

看门人非常熟悉钟楼的一切，他向古忠平夫妇摆了摆手，然后翻身上了大钟的顶端，从上面取出一只长方形的铁盒，郑重其事地递给了古忠平。

古忠平知道这里装着父亲的论文手稿，也是父亲倾全部心血研究出的成果，他感到沉甸甸的，想起看门人为古家做出的牺牲，忍不住说："大伯，我该怎么谢你才好？"

看门人双眼也湿润了:"不用谢,这是你父亲的嘱托啊!"

他们正说着话,袁兰突然感到四周有些异样,静心一听,不由紧张地说:"不好,有人来了!"

看门人赶紧推了一把古忠平:"快,窗户下有软梯,你们快走!"

古忠平担心看门人的安危,一把拉住他的胳膊,说:"大伯,咱们一起走!"

看门人深知梅拉格心狠手辣,所以直言相告:"来不及了,快走吧!拐过恰卡斯城堡就是通往镇警察局的公路!"

这时,门被撞开了,梅拉格走进了钟楼。他怎么也没想到,几十年如一日老老实实、非常听话的看门人,竟会干出这种有违主人的事来。他气势汹汹地问:"你带他们上钟楼来干什么?"

"哼!取你欺世盗名的罪证!"看门人跳将起来,一把抓起一根铁棍,一边又大声催促古忠平夫妇:"还不快走!"

古忠平夫妇见状飞快地扑向窗户,他们见一根软梯在窗外悬挂,显然这是看门人早已准备好的。

两人刚一落地,只听钟楼上一声枪响,随之传来看门人的吼骂声。想起看门人的重托,古忠平夫妇不顾一切地朝着城堡外飞跑。

钟楼上,看门人倒在血泊里,梅拉格气喘吁吁地提着枪扑向窗口。看门人竭力睁开血糊糊的双眼,挣扎着向铜钟爬去,他抓住了钟绳,拼出全身力气狠狠地拉了起来。"当!当!当……"钟声在寂静的夜空中回响着……

海滨小城的居民被这夜半钟声惊醒了,人们不约而同地走出屋子,听着这不规则的钟声,然后朝着同一个目标——恰卡斯城堡钟楼拥来,他们互相询问着朝钟楼观望。

古忠平夫妇也听到了这震撼人心的钟声，此刻，只有他俩才懂得，这钟声是善良忠厚的看门人祝愿他们安全的最后祈祷，这钟声也是对梅拉格的正义审判！

古忠平夫妇眼中噙满了泪水，他们向镇警察局的方向大步飞跑……

(张晓成)
(题图：姜建忠)

秘密跟踪

草木皆兵

刘涛是一家调查公司的经理。这天傍晚,他刚要下班,突然从外面走进来一个人。此人四十岁上下,身穿一件黑色风衣,风衣的领子高高竖起,遮住了他的下巴,鼻子上还架着一副宽大的墨镜。很显然,来人是怕被人认出来,刻意装扮过。

刘涛热情地请对方坐下,问他有什么可以效劳的。那人顾虑重重地问:"你们这儿能为客户保密吗?"

刘涛指了指墙上挂着的服务准则,肯定地说:"当然,为客户保密是我们的首要原则,请尽管放心,您的任何信息我们都不会泄露出去的。"

那人点点头,沉吟了一下,似乎下了很大决心,才说:"我想请你们跟踪一个人。"刘涛说:"没问题,这是我们的熟练业务,请问你要跟踪谁?"

那人看着刘涛,一字一顿地说:"跟踪我。"刘涛吃了一惊:找人跟踪自己?天底下哪有这样的事!他不禁好奇地问:"为什么?"

那人解释说:"是这样的,最近,我总是发现有人在跟踪我,所以我想请你派人跟踪我,借机来发现这个人,然后查清他的身份来历,看看到底是谁指使他的。"

刘涛恍然大悟道:"没问题,请提供一下你的身份和住址,我马上就可以展开调查。"那人略一犹豫,拿出一张名片递给刘涛。刘涛看了一眼名片,此人名叫张建设,是本市一个机关单位的副局长。

刘涛问他:"你是什么时候发现有人跟踪你的?"

张建设回忆了一下,说:"大概是两周前吧。这人可能很早就开始跟踪我了,我曾在几个不同的场合,都看到过他。起初我以为只是巧合,直到两周前,我深夜出门,意外地看到他竟坐上后面一辆出租车,一路跟着我,这才意识到他是在跟踪我。"

刘涛试探地问:"你有没有想过谁可能会跟踪你?或者,你是不是得罪了什么人?"张建设摇了摇头,说:"我也感到莫名其妙,所以这才来找你们帮忙调查。"

刘涛察言观色,知道对方肯定有许多隐情不想对外人说,便也不再追问。随后,两人谈妥了价钱。张建设交了定金后,便起身告辞,临出门又再次嘱咐刘涛:"此事千万要保密。"

送走张建设后,刘涛陷入了沉思:谁会跟踪张建设呢?以经验来分析,很可能是张建设的爱人怀疑自己的丈夫出轨,所以找人跟踪他,如果是这样,那么跟踪张建设的这个人说不定就是自己的同行。想到这里,刘涛不禁有些后悔:自己刚才跟张建设一块儿下楼就好了,说不定马上就可以看到这个人了。

刘涛猜得一点没错,那人正在楼下等着张建设呢。张建设下楼来到车前,用眼睛的余光扫了一下四周,不出所料,在马路对面不远处,停着一辆出租车,里面坐着的正是跟踪自己的那人。

张建设心中一沉,自己离开家的时候特意装扮过,没想到还是被人识破了。他发动汽车上了路,通过后视镜,看到那辆出租车缓缓跟了上来。

张建设真想停下车,揪住那人喝问清楚:你到底是谁?为什么要跟踪我?可是,他知道自己不能这样做,无论对方是什么目的,如果把这件事情捅破,对自己并没有什么好处。

到底会是谁呢?张建设一边驾着车,一边胡思乱想着,背上不由渗出了一层冷汗,因为不光是妻子,还有跟自己竞争局长一职的对手,甚至是自己得罪过的人,都有可能是幕后主使者。现在的张建设,真有些草木皆兵了。他只能暗暗祈祷,希望调查公司尽早调查清楚对方的来历,否则,老这么提心吊胆过日子,非把自己逼疯了不可。

疑神疑鬼

三天后,张建设就忍不住打电话给刘涛,询问进展情况。刘涛说,通过跟踪,已经掌握了一些情况,只知道是个外地人,租住在本市。因为怕惊动了对方,所以没敢近距离接触。张建设迫不及待地问:"那他跟踪我,到底是什么目的?"

刘涛说:"目前还不清楚,但他显然是受雇于人。我曾经偷听到一次他打电话,好像是在向什么人汇报你的行踪。但是时间太短,我还没有跟踪到他们见面。"

张建设一听，连忙说："你去移动公司查他的通话记录，就可以找到幕后主使人。"

刘涛笑道："老兄，我们又不是警察，不能去随便查电话记录的。"他顿了一下，说，"你如果着急，我倒有个办法，请问你有没有具体的怀疑对象？我想通过逐个排除法，查出那个最有可能雇用他的人。"

张建设略一犹豫，他本来不想把自己的秘密全部告诉对方，但现在也顾不得了，便说："那你去查一下这几个人吧。"他说了几个名字，包括他的妻子，还有单位里的几个同事。

过了一周，刘涛给张建设打电话，说那几个人他都派人跟踪调查过了，基本可以排除嫌疑，他让张建设再想一下，还有谁值得怀疑。

张建设焦躁地说："我跟其他人没有利害冲突呀！再有的话，就是我在工作中得罪的那些人，你知道，我手里有点权力，免不了会妨碍一些人的利益，难道是他们想报复我？"

刘涛说："这也很有可能，而且你在明处，他们在暗处，我看你还是要小心一点，别吃了亏。"

张建设倒抽一口冷气："难道他们要加害我？"

刘涛说："如果你愿意，我还会继续跟踪的，不过我估计难度很大，短时间内不会有什么结果。如果长期跟踪的话，费用又挺高，您看怎么样……"

张建设一听，失望之下，一肚子怨气都发泄在刘涛身上，吼道："你这是什么破调查公司，连这点事都查不出来？干脆关门算了……"说完，"啪"的一声挂了电话。

真相大白

接下来的日子，那人对张建设的跟踪还在继续。隔几天，他就会出现在张建设的视线里。张建设感觉到，自己简直是生活在透明玻璃里，无论干点什么，似乎都有双眼睛在监视着自己，无时无刻，他都感到一种巨大的压力。时间一长，他身心俱疲，精神恍惚，以至于工作中出了好几次差错，他的脾气也越来越暴躁，对谁都不信任。

月底，上级来局里对新局长的候选人进行民主评议，张建设被大家投了不信任票，升官的希望很渺茫了。领导见张建设精神压力太大，就劝他休假放松放松。张建设眼见升迁没戏了，也就听从了建议。

可是，放了假也不安生，那人还是阴魂不散，无处不在。到哪里才能躲开他呢？张建设想来想去，突然想到了老家。老家在本省一个偏僻的县城，也许到了那里，就能摆脱对方的纠缠。于是，这天晚上，张建设连夜出门，偷偷坐火车离开了省城。

算起来，张建设已经有四年没回老家了，平日里他忙工作、忙应酬，根本抽不出时间回家看望父母。张建设的父母都是退休教师，父亲患有严重的风湿病，行走不便，到省城去看儿子也很困难。这次，张建设突然回来，让两位老人喜出望外。

小县城很清静，张建设每天出门看望同学朋友，身后不再有影子跟着，心情得到难得的放松。

这天傍晚，张建设从同学家回来，走到家门口时，听到里面有生人说话。进屋后，他一眼看到客厅沙发上坐着一个人，只觉得身形很是眼熟，好像在哪里见过。再一想，顿时脑子里"轰"的一声，眼前一黑，差点没晕过去，心中哀叹：天哪，我都回到老家了，你还阴魂不散，竟跟踪过来了!

这人不是别人,正是跟踪了张建设一个多月的那个人!

看到张建设,那人站起来,恭敬地打招呼。张建设脑子里乱成了一锅粥,他恶狠狠地盯着对方,咬牙切齿地问:"你到底是谁,为什么要跟踪我?"那人被张建设吓得一哆嗦,转头求救似的看着张建设的父亲。

父亲呵呵笑道:"建设,这是我的一个学生,叫王军。他今年刚大学毕业,平时迷恋侦探小说,竟然异想天开说要开个私家侦探社。呵呵,他以为当私家侦探那么容易啊?所以,我就让他去跟踪你,也好锻炼锻炼,体验一下感觉。"张建设一听,傻了眼,打死他都想不到,竟然是父亲派人跟踪自己。他看看王军,再看看父亲,想到这些日子来所遭受的折磨,不禁猛一跺脚:"爸,你……你可把我害惨了!"

父亲见儿子这副悲愤欲绝的模样,不明白了:"建设,出什么事了?"

一旁的母亲见儿子生气,忙拉过儿子,红着眼圈,低声说:"建设,你千万别怪你爸。其实,让王军去锻炼一下还是次要的,主要是……主要是你爸他也是为了你好……"

张建设一怔,这是什么理由?

母亲叹口气,接着说:"这几年,你当了单位的领导,有了点权力,可一些个事儿办得不地道……你爸劝过你好几次,可你就是不听啊!他不想你以后犯了错没得悔改,这才让人偷偷盯着你……我们也知道不一定有用,但总不能眼看着你犯错误……"母亲说着,眼泪不觉流了下来。

张建设看看哭泣的母亲,又看看苍老的父亲,呆住了。

(吴　江)

(题图:佐　夫)